蒙达尔纪的青春岁月

Montargis

李源正 著

CNS | 湖南人民出版社 · 长沙

19 世纪末 20 世纪初，资本主义世界市场形成，工业化的潮流席卷全球。在大变革的时代，各国的有识之士特别是青年群体都很关心自己国家在工业化世界中的地位和作用，都很关心自己民族的前途和命运。与西方的欣欣向荣、蒸蒸日上形成鲜明对比的是，有着 5000 多年文明史的中华民族却面临着深重的民族危机。甲午战败、瓜分狂潮、庚子国变、辛丑条约，令人痛心疾首的事件纷至沓来，一次又一次给国人强烈震撼。中国的先进分子不禁发出悲愤的声音：“四万万人齐下泪，天涯何处是神州？”

面对救亡图存的时代课题，一批又一批的仁人志士前赴后继，为拯救国家和民族进行不屈不挠的斗争。辛亥革命、二次革命、护国运动、护法运动，以孙中山为代表的革命党人始终没有停止行动。但是，神州陆沉的局面并没有得到根本改观，中国向何处去？这始终是近代以来中国面临的重大问题。

正是在这样的时代大背景下，从 20 世纪初期开始，一场声势浩大的留法勤工俭学运动拉开了帷幕。

这场运动前后持续了 20 多年，在 1919 年至 1920 年达到了高潮，有近 2000 名青年学子赴法勤工俭学。他们在法兰西的土地上生活、学习、求索，近距离接触和感受工业化世界，同时也进行各自人生之路的探索。在资产阶级革命的孕育之地，他们既接触到知识、技术和文化，也受到先进思想的教育和启迪。许多人经过思考，最终接受了马克思主义，成长为坚定的共产主义战士。赴法青年学子的勤工俭学经历，不仅直接改写他们个人的人生轨迹，而且在中国革命史上写下光辉的一页，深刻影响中国历史的走向。

那么，这一切是怎么发生的？波澜壮阔的留法勤工俭学运动是如何开始的？背后又有哪些故事？我们将在书卷中回望那个峥嵘年代、那段浓墨重彩的岁月，致敬那一代怀有激情与梦想的中国青年。

目录

探路 留法勤工俭学的兴起

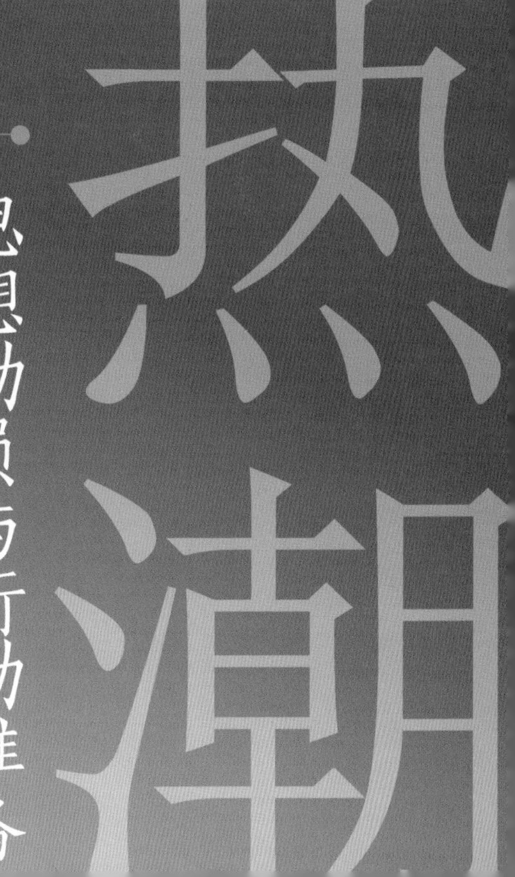

远航

从中国到法兰西

淬炼

工学实践的苦和乐

活力

青春岁月的交往

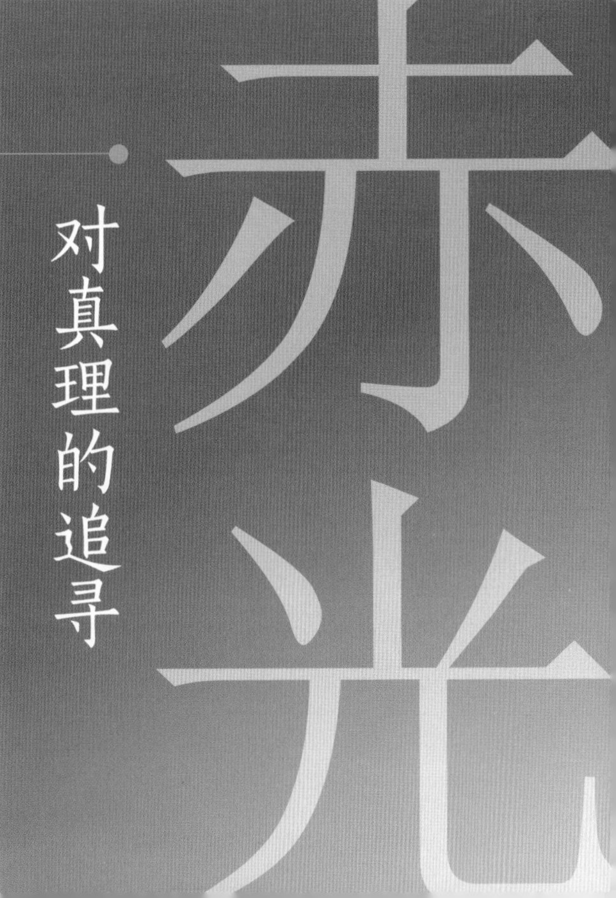

赤光

对真理的追寻

历练 青春的呐喊与抗争

组织 走向联合与党团建设

抉择

奔赴报国之路

结语

青春的力量

探路

留法勤工俭学的兴起

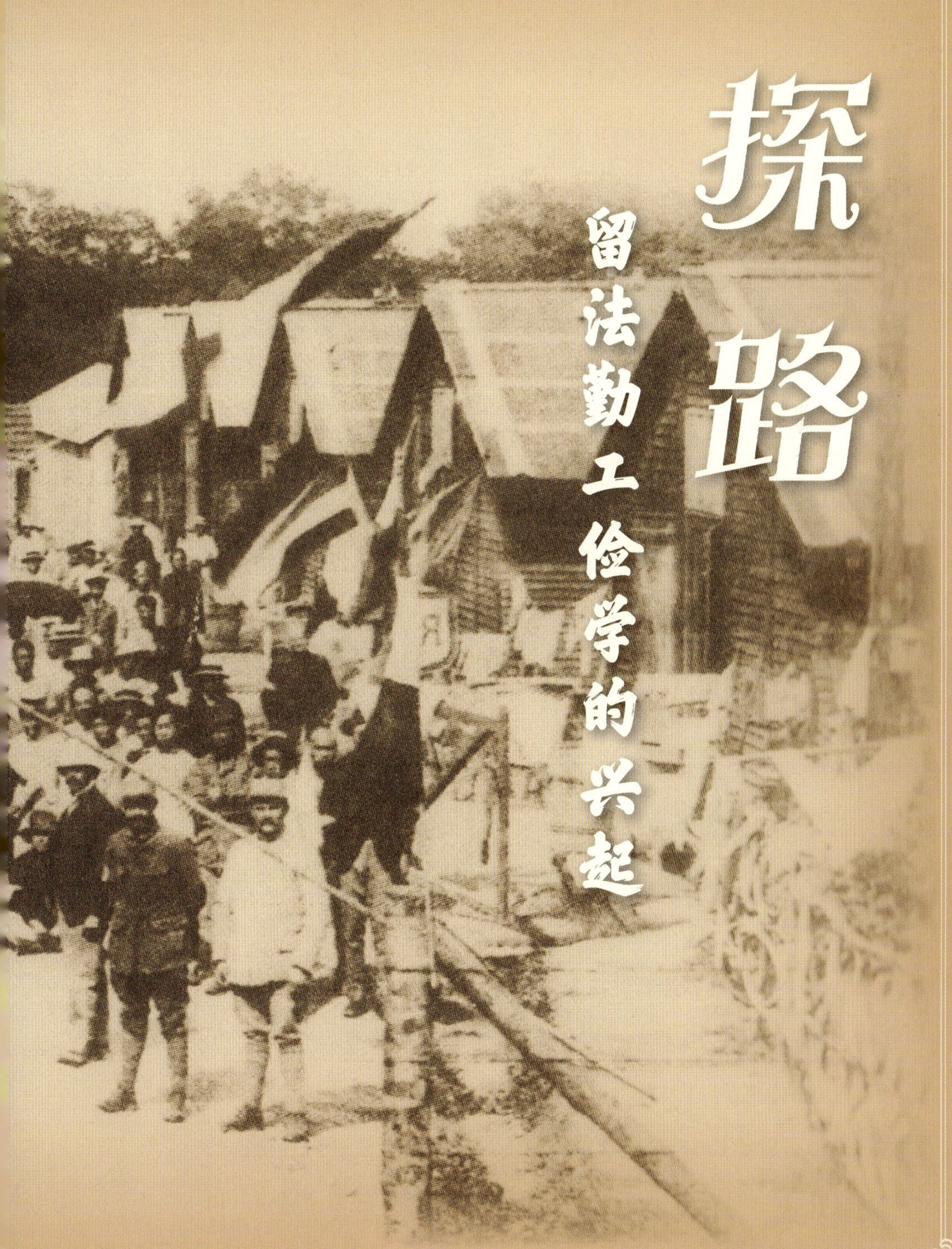

01

蒙达尔纪的探路者

大风起于青蘋之末。人类历史发展经验表明，大规模社会运动的兴起虽然是时代大潮的产物，却也离不开少数先行者的探路。尽管最后的结果可能与他们最初的设想有较大差距，但并不能因此而忽略他们在当时历史条件下的积极作用。

1901 年《辛丑条约》签订后，清廷成为“洋人的朝廷”，中外关系得以“缓和”。为了应对人民的广泛不满所带来的统治危机，统治集团开始推行“新政”，奖掖新学、推行新式教育就是其中的一项重要内容。在这样的情况下，赴法留学开始具备可能性。

1902 年，清廷派遣新驻法公使孙宝琦赴法上任，与他同行的有官费、自费留学生 20 多人。其中有一个学生叫李石曾。

赴法的轮船经过上海时，李石曾拜会了父亲的门生吴稚晖。吴稚晖比李石曾年长 16 岁，对《辛丑条约》签订后清廷内外交困的局面有着清醒的认识。他告诫李石曾，赴法后要“注意于苦学，以期广于介绍”，希望李石曾此去能起到前锋的作用，为更多的中国青年赴法积累经验。

到法国后，李石曾先花了半年时间学习法语，而后于 1903 年进入蒙达尔纪农科实业学校学习，这是中国青年与蒙达尔纪的最初结缘。

1906 年，李石曾进入巴黎巴斯德学院学习生物学，在这里结识了地理学家邵可侣。邵可侣是一位无政府主义者，在他的影响下，李石曾接触到无政府主义思想[①]，深受克鲁泡特金互助论的影响。他的求学经历，使他深信教育是人类进化的原动力，这也成为他后来热心教育事业、推动工读主义的原因之一。

在李石曾赴法国留学之后，吴稚晖、蔡元培等人纷纷赴欧洲留学。1903 年，吴稚晖因“苏报案”被迫流亡国外，到英国留学。1907 年，蔡元培自费前往德国留学，以半工半读的方式维持留学生活。同年，吴稚晖从英国转赴法国，继续俭学生活。他与李石曾等人共居陋室，厉行节约，将日常生活费用减至常人所花费之一半，每人每月仅开销房费 15 法郎、伙食费 60 法郎。

李石曾、吴稚晖、蔡元培等人都是当时的社会精英，他们之所以愿意进行苦行僧式的“勤工俭学试验”，是因为他们都看重教育在改造社会方面的重要作用。他们希望通过自己的亲身实践，探索出一条可行的留学途径，为更多的中国青年赴法留学提供经

① 李石曾、吴稚晖早期信仰无政府主义，后转向支持蒋介石。

验和示范。

1909 年，李石曾、齐竺山等自筹资金在巴黎西北郊区设立中国豆腐工厂，并从家乡河北高阳等地招募工人 30 余人来法工作。同时，也有自费留法的中国学生到豆腐工厂工作，进行半工半读。工人在工作之余，由李石曾等人组织进行学习以提高素质和技能。这样，

巴黎中国豆腐工厂

无论是工人还是留法学生，在豆腐工厂中同宿同食，“略如学校中共同生活之组织，每人每月饭费，四十余佛郎已足”。豆腐工厂的开办无疑是一个成功范例，坚定了李石曾等人推广勤工俭学经验的信心。

蒙达尔纪是法国中央大区卢瓦雷省加蒂奈地区的一座城市，距首都巴黎约 100 公里，距省会奥尔良市约 60 公里。虽然是一座历史悠久的古城，但深受法国大革命以来自由、平等、博爱等资产阶级思想的影响，工业化水平较高，保守主义势力较弱，城市包容开放。来自东方的李石曾在蒙达尔纪留学期间，与这里的人结下了深厚友谊。

02

从俭学到勤工俭学

1911 年，辛亥革命爆发，清王朝的统治土崩瓦解。1912 年 1 月 1 日，中华民国临时政府在南京成立，2 月 12 日，清帝退位，清王朝正式覆灭。领导辛亥革命的同盟会成员开始公开活动，这为有组织地赴法进行俭学活动提供了极为有利的条件。

新政权的建立要求有新国民和新教育。1912 年 2 月，吴玉章等同盟会成员一道，在北京发起组织留法俭学会，这个学会明确提出了留学的重要性和必要性："改良社会，首重教育。欲输世界文明于国内，必以留学泰西为要图。""今共和初立，欲造成新社会新国民，更非留学莫济，而尤以民气民智先进之国为宜。"学会的宗旨是"以节俭费用，为推广留学之方法；以劳动朴素，养成勤洁之性质"。显然，吴玉章等人希望更多的人以赴法俭学的方式接受新教育，进而成长为建设中华民国的新国民。

留法俭学会成立后，编印了《法兰西教育》一书，详细介绍了法国教育的情况，还发表了《留法俭学会公启》《留法俭学会会约》

《答友人问留法俭学会书》等。留法俭学会的创办者们认为法国在当时的世界是民智民气先进之国，社会风气简朴，科学文化发达，向西方学习以留学法国为宜。

1912 年 4 月，留法俭学会创办的留法预备学堂在北京宣告成立。当时蔡元培任教育总长，对此举大力支持，把安定门内方家胡同路北顺天高等学堂辟为校址。除中国教师外，法国人铎尔孟自愿担任法语教师。学校开设法文、中文、算术和应用知识四科。该校采取速成制，学生在校学习半年之后，经考试合格者，由留法俭学会颁发证书，定期赴法。该校有着严格的纪律，“注意改良气质，造成纯正的品格”。5 月 26 日，学校正式开学，当年 11 月下旬，第一班和第二班学生乘火车经西伯利亚前往巴黎。他们于 12 月 20 日到达蒙达尔纪。第一班学生进入蒙达尔纪中学的预备学校，第二班学生进入工业职业学校的预备学校。他们一边继续学习法语，准备进入大学或是其他专业学校；一边学习其他课程。1913 年 6 月 3 日，第三班 40 余人也完成预备学业，取道西伯利亚赴法俭学。

在留法俭学会的带动下，地方上的俭学组织也纷纷成立。吴玉章、朱芾煌在四川成立四川俭学会和预备学校，留英俭学会也在上海成立。在留法俭学会的组织下，在一年多的时间里，先后有一百多人赴法俭学，十几家全家赴法“居家俭学”。

李石曾在组织俭学活动的时候，利用了他在蒙达尔纪良好的声誉和人际关系。他得到了法国农科实业学校教务长法露的支持，两人又争取到蒙达尔纪公学的支持，专门为中国留法俭学生开办了法语补习班。蒙达尔纪公学由此成为中国俭学生赴法学习的第一所学校。此后，枫丹白露公学、木兰中学、蒙达尔纪工业学校等也相继加入了支持行列。中国留法俭学生的到来，受到了蒙达尔纪市民的欢迎。

对此，中国留法俭学生也在《加蒂奈人报》上刊登了一封正式的感谢信："作为中国的子民，我们满怀热忱地来到法兰西……如果能把法兰西思想的火花带回中国，我们将感到十分欣喜，因为法兰西思想是世界文明延续的火把，是人类的荣耀。"

正当留法俭学的组织者准备推进他们的事业时，形势的突然变化迫使留法俭学活动暂停。

在国内，袁世凯公然实行反动政策，以孙中山为首的国民党人进行武装反抗，但因袁世凯的绝对优势而失败。1913 年 9 月，二次革命失败后，孙中山等人被迫流亡日本，留法俭学的组织者李石曾、蔡元培等人流亡法国。北京留法预备学堂被迫停办，留法俭学会在国内停止活动。

无独有偶，国际形势此时也风云变幻，掀起了滔天巨浪。1914 年 7 月，第一次世界大战全面爆发，法国东北部成为战场，巴黎一度告急，留法俭学生平静安宁的留学生活受到冲击。

本来，李石曾等人已与巴黎附近的蒙达尔纪、枫丹白露、木兰等地的学校广泛联系，为留法俭学生的学习和生活做了妥善的安排。他们流亡法国后，在俭学生比较集中的蒙达尔纪，定期组织开展中西学术讲演会、茶话会、音乐讲座等，并为年少的俭学生补习国文。蔡元培等人都曾义务为俭学生服务。法国学校的校长、教师等也提供了热情的帮助。但战争爆发后，形势发生巨变。由于战争期间法国的邮电、交通严重受损，国内汇款时常中断，在法国银行提款、存款都不容易，俭学生的日常生计面临着威胁。部分学生提议归国。

为了应对俭学生的生计危机，蔡元培等人发起成立旅法学界西南维持会，安排留法俭学生到法国西南部尚未停课的中学、中等专业学校学习。同时，由旅法学界西南维持会出面代向中国驻法使馆借用或向法国学校申请缓缴学费，战后再归还、补缴，还规定每人每月的费用不能超过70法郎。蔡元培认为，一战的爆发对于世界文明必是留下“莫大纪念”的历史事件，势必造成社会组织的巨大变化，“皆足以新吾人蹈常习故之耳目，而资其研究”，力劝俭学生留下继续学习。他撰写通告《吾侪何故而欲归国乎》，驳斥归国之说，认为归国的危险不减于留欧，而且归国川资为数甚巨，可移做留居之费。蔡元培继续俭学的鲜明主张对安定人心和稳定局势起到了重要作用。

留法俭学会建立的目的，主要是培养上层人物的子弟，使他们摆脱逍遥放荡的恶习，具备领导者的人格和学问。留法俭学虽然费用相对较低，但其实也不少。一个俭学生每年需费用1000至1200法郎，相当于当时的中国币约600元（中国币通常指银元，以下同），相当于一个中等家庭一年的生活费，一般家庭负担不起。因此，最初能赴法俭学的学生，都是家庭经济比较宽裕的学生。俭学生赴法主要从事“俭学”，不过是在用度上力求节俭一些而已。在战争的冲击之下，为了补贴生活和学习费用，一些俭学生开始到工厂做工或从事华工教育，使“俭学”增加了“勤工”的内容。

事实上，早在1909年李石曾等人开办豆腐工厂时，就出现了工人“以工兼学”和少数自费留法学生“以学兼工”两种形式，两者显然存在重大差别。

1913年，原来在豆腐工厂做工的李广安、张秀波等人创办了

1913 年 5 月，留法俭学会留法预备学堂第三班学生赴法学习前合影

地泱泊人造丝厂，齐竺山以“劝工公司”名义，从国内招来工人 48 人到丝厂工作，采取白天做工、工余学习的方式，“以工兼学”的形式得到扩大。蔡元培等人对此非常赞赏。他们参观了地泱泊人造丝厂，赞扬华工“以工兼学”的做法，并撰文在国内外刊物上加以介绍，认为“以工兼学”有能使华工开阔眼界、赚取收入、接受教育、

学习技术等好处。蔡元培还教授工人法语、伦理学和哲学。“以工兼学”方式得到提倡和响应，为那些家境贫寒而又想出国求学的人，提供了一种可能的途径。

在一战爆发的变局之下，旅法华人总结多年的实践经验，把“俭学”和“以工兼学”两者结合起来，正式提出了“勤工俭学”的口号。

1915 年 6 月，勤工俭学会成立。该会的宗旨是“勤于工作，俭以求学，以进劳动者之智识”。会员分为两种，以工求学者为实行会员；赞成以工求学，欲为出力者为赞助会员。最初，该会的会员很少，活动仅限于开办教育讲座，学习富兰克林、卢梭等人的传记，出版《勤工俭学传》，发行《华工杂志》等。蔡元培曾为《勤工俭学传》作序，认为“勤于工作而俭以求学之主义，益确实而昭彰矣”。勤工俭学会的工作，为推动华工教育的开展和吸引一批农村青年赴法勤工俭学起到了一定作用，也预示着留法勤工俭学运动即将进入新的阶段。

03

华法教育会的成立

进入 1916 年，一战进入最激烈的时期，英法军队与德国军队在法国东北部各自集结上百万军队进行厮杀，战局走向一时并不明朗。在欧陆大战如火如荼进行的同时，中国国内的政局也发生了剧变。

1915 年底，袁世凯的洪宪帝制粉墨登场，反对帝制的护国战争随之进行。袁世凯公然颠覆共和、开历史倒车的举动，令旅法华人痛心疾首，他们决定采取行动。

出于对法国文化的热爱，也为了促进中法两国的学术、文化交流，他们创立了华法教育会。蔡元培等人认为，法国教育的精神实质是自由、平等、博爱，并且有科学主义的支持，突破了君主和教会的危害，实现了教育的普遍化，这是非常值得中国效法的。他们还认为，中国从孔子到黄宗羲的传统学说充满了民主政治精神，不带有宗教的色彩，只要向法国学习，是可以克服君主和教会对教育的影响的，能够逐步达到普及教育的目标。当时国内袁世凯为称帝在教育领域大搞尊孔读经，蔡元培等人从教育入手可谓煞费苦心。

1916年3月29日，华法教育会在巴黎的自由教育会会所举行了发起仪式，数十位法国教育界、学术界、政界人士及勤工俭学会会员出席。蔡元培、法国众议院议员穆岱等人分别发表演说，阐述中法文化交流的意义。蔡元培在演说中表达了欲以法国教育的师资“灌输法国学术于中国教育界”的强烈愿望。发起者共推蔡元培与法国大学教授欧乐为华法教育会会长，穆岱等为副会长，李石曾、李圣章与法国农科实业学校教务长法露为书记，吴玉章与法国共和工商会代表宜士为会计。

6月22日，华法教育会正式成立。该会的宗旨是“发展中法两国之交通，尤重以法国科学与精神之教育，图中国道德、智识、经济之发展”。为了实现这个宗旨，该会制定的《华法教育会大纲》确定了具体的活动方针：

（一）哲理与精神之部分

以传达法国新教育为务，如编辑刊印中法文书籍与报章，亦其职任。

（二）科学与教育之部分

（甲）联络中法学者诸团体。

（乙）创设学问机关于中国。

（丙）介绍多数中国留学生来法。

（丁）助法人游学于中国。

（戊）组织留法之工人教育。

（己）在法国创设中文学校或讲习班。

（三）经济与社会之部分

其作用为发展中法两国经济之关系与助进华工教育之组织，以法兰西民国之平等公道诸谊为标准。

从华法教育会的活动方针可知，它的主要任务仍然是扩大留法学生和旅法华工的规模，以便在更大范围内推进师从法国的旅欧教育运动，从而有益于中法两国的友谊以及中国科学、教育与实业的发展。

华法教育会的成立，是对之前十余年的早期留法俭学和勤工俭学实践成绩的肯定。法方书记法露曾称赞这一时期的中国留法俭学生："学生中有数十人，已入大学及专门学校，习化学、工程、建筑、矿学、商业、农科等。中国学生，至为勤学，可与法国学生相竞。"他们之中，有在蒙达尔纪农科实业学校和图卢兹大学化学院毕业考试中名列榜首的皇甫辉和李麟玉，有后来成为著名数学家的何鲁和生物学家的罗世嶷，还有历史学家李宗侗和物理学家李书华等。通过接受教育，旅法华工的文化程度和修养有所提高，这对他们在法国社会立足有所帮助。

早期留法俭学和勤工俭学实践的成绩，离不开法国政府和友好人士在校舍、经济方面的帮助。不少法国教育界、实业界和政界人士，或参与组织工作，或亲自授课，或慷慨解囊。华法教育会更将增进中法两国的友谊作为宗旨之一，法方会长、书记和会员多次颂扬中国传统文化和共和政治，鼓励中法两国平等往来。

华法教育会的成立，为宣传赴法勤工俭学创造了更为有利的条件。1916 年 8 月 15 日，华法教育会创刊发行《旅欧杂志》，并在茨鲁发行了类似《旅欧杂志》的《旅欧教育运动》小册子。《旅欧杂志》由蔡元培等担任编辑主任，"以交换旅欧同人之智识，及传華法教育會，惟有隨其先進之前例，而力行之可也。本會之計畫，卽會綱之第二條所分之三部：曰哲理與精神，以書說爲傳達；曰科學與教育，以學會學校爲組織；曰經濟與社會，爲實業與華工問題。其範圍至廣，吾已有所爲之。又欲組織華工俱樂部于華工所到之地，亦此意也。此種事業，必不能免困難，吾人之所固知，然必可勝之而不畏也。歐戰之前，德國已設大學于青島。欲得結果，則犧牲亦巨。美國以六十兆之賠欵，爲助中國學生留學于美之經費。吾人縱不要求若大之犧牲，然亦深望法人之欲傳達法國精神與物質者，有以助之也。

華法教育會大綱

宗旨與組織

第一條　茲由同志結合團體，名曰『華法教育會』。年期無限，會所在巴黎。

第二條　本會宗旨，在發展中法兩國之交通，尤重以法國科學與精神之教育，圖中國道德智識經濟之發展。其作用分三部如下：

（一）哲理與精神之部分　以傳達法國新教育爲務，如編輯刊印中法文書籍與報章，亦其職任

《华法教育会大纲》

布西方文化于国内为宗旨”。《旅欧教育运动》则成为中国学生在法留学的必读书，是把法国的“科学真理”“人道主义”输往中国的有力而直接的途径。

华法教育会正式成立的当月，袁世凯已在绝望中死去，中国的政局再次发生变化。流亡海外的革命党人认为，在国内大张旗鼓地提倡旅欧教育运动的时机已经成熟，这就为推动留法勤工俭学运动在全国的兴起起到了积极作用。

1916 年 10 月，蔡元培离法回国，很快就任北京大学校长。华法教育会的其他中方负责人，也于 1916 年底或 1917 年初相继回国。他们对推动留法勤工俭学充满了信心。11 月 8 日，蔡元培抵达上海，他多次登台向社会各界发表演讲，阐述他对教育的信念。他认为，既然变革的目的已经实现，那么剩下的任务就是通过教育培养“完全的人格”，使人们真正具有爱国精神，以此结束国内仍然存在的政治上的混乱局面。蔡元培等华法教育会的倡导者们认为，把大批青年送往建树共和堪称模范的法国，在那样的环境里可以造就维系共和的人才。

为了实现教育救国的理想，蔡元培等人很快就开始了活动。

1917 年初，华法教育会派华林回国，负责重建留法俭学会。4 月 1 日，中断近 4 年的北京留法俭学会重新成立。4 月 25 日，蔡元培等人恢复留法俭学会。5 月 21 日，北京华法教育会成立。此后，华法教育会先后在直隶、山东、上海、湖南、四川等地成立分会。上海、四川的留法俭学会，上海法文学社等团体也恢复了活动。

华法教育会在国内大办分会、社团，为留法勤工俭学运动进入高潮准备了组织条件。华法教育会、留法俭学会、留法勤工俭学会等团体，基本上是一套班子，其中，华法教育会名气最大。与民国初年的留法俭学会相比，华法教育会声势浩大，形成几乎遍及半个中国、比较统一的组织系统，并得到多位社会知名人士的支持。除了蔡元培、李石曾等人的大力倡导外，民国初年留法俭学归来的华林等人也在国内从事提倡留法的组织活动。而法国驻华公使馆，法国在华各地的领事馆，学校、医院中的法籍人士，也以很大的热情参与到当地华法教育会发起和组织的活动中。

华法教育会在国内大兴组织活动的重要内容，是成立各种类型的留法预备学校。1917 年 5 月 27 日，北京留法预备学校在宣武门外储库营的民国大学内开学。同年 8 月，李石曾率先在国内以留法勤工俭学会的名义呈请设立留法预备学校。学校开会时，举办了留法俭学会讲演会，蔡元培、李石曾、吴玉章等人先后登台演讲。蔡元培在演讲中认为，国内高等教育机关为数甚少，又无迅速改善其低劣质量的希望，因而应该鼓励赴法留学，“以最俭之费用，求正当之学术”。李石曾把法国和德国作了比较，强调法国无论是在自然科学方面，还是在社会科学方面，都不逊色，是“世界新学说实行之纪元”。吴玉章则详述了华法教育会提倡留法勤工俭学的目的，即扩展国民教育、输入世界文明、阐述儒家哲理、发展国民经济。

在华法教育会、留法勤工俭学会以及社会各界的大力倡导下，各地的留法预备学校日益增多。到 1919 年 3 月，已经有近 20 所学校，包括上海留法俭学会法文专修学校、广州留法勤工俭学预备学校、重庆留法预备学校、保定布里留法工艺学校、北京高等法文专修馆等，它们有的是以培养留法俭学生为主，侧重法语和知识教育，有的旨在培养留法勤工俭学生，有更多的工艺技能课程。

在大力进行组织建设、开办各类留法学校的同时，华法教育会也很重视宣传工作。通过《新青年》《申报》《国民公报》等众多的媒体，广泛刊登有关华法教育会的章程、规定，并对旅欧教育运动的情况进行介绍。华法教育会的领导者也在国内多地通过演说、会见、著书出版等方式介绍留法勤工俭学，他们将自己的经验和体会融入其中，使这种宣传有相当的说服力。

早期留法的华林专门撰写了《与全国各县筹派公费留法商榷书》，呼吁各县照本国学生补助费办法，送派品学兼优之男女各生，少则一二人，多则三四人，每月补助留学费，每人50元。1918年春，《华法教育会丛书》出版，蔡元培为其作序，该书系统介绍赴法留学的方方面面。

华法教育会大力进行的宣传，也得到了实业界人士的大力支持。商务印书馆发行所所长王显华、中法实业银行的李雍等人都同华法教育会有关系。

一个青年找工作的小故事可以反映出这种比较密切的关系：

1917年冬，到广东寻找工作的罗喜闻在一家工厂的门口看到了张贴的赴法勤工俭学的招生章程，上面还写着负责人黄强的名字。他进去工厂打听，才知道黄强就是工厂的厂长。黄强给了罗喜闻几张章程，并且写信介绍他和蔡元培、李石曾见面。黄强后来成为华法教育会广东分会的理事。

华法教育会的活动，为留法勤工俭学运动的兴起发挥了重要作用。它不仅在组织上为更多有志青年赴法留学提供了有利条件，使

李大钊（后排左九）与北京华法教育会部分会员合影

更多的预备学校为青年学子敞开了大门，而且进行了广泛的舆论准备和宣传动员，在社会上普及了赴法留学的必备常识，使社会更多的阶层参与到这项活动中来。但是，受历史条件的限制，华法教育会的领导者们还是对此过于乐观，对大规模学生赴法勤工俭学可能面临的困难缺乏必要的准备。

04

15 万参战华工的到来

1916 年华法教育会的创办与对即将到来的中国参战华工进行教育有密切关系。同盟国集团与协约国集团在欧陆战场上的殊死搏斗，导致了一个始料未及的结果，就是 15 万参战华工的到来。他们在远离故土的异国他乡，以鲜血和汗水为协约国集团的胜利贡献了力量，有两万多人永远长眠在法国的土地上。

一战是一场标准意义上的总体战，同盟国集团和协约国集团都动用了各种资源进行“举国之战”。国土成为战场焦土的法国本来人口就少于宿敌德国，经过战争的高强度动员，上百万男子被征召入伍，国内的劳动力极为缺乏。在这种情况下，法国政府决定招收华工，以解决劳动力不足的问题。

为了执行法国政府在华招工的计划，法国驻华公使康悌访问了中国政坛交通系领头人物梁士诒，双方进行了会谈。梁士诒认为，鉴于中国在一战中持中立态度，为免第三国干涉嫌疑，由民间团体出面招工比较合适。他建议，由他的交通银行出资，设立民间团体招募劳动力并向法国输送。法国方面同意了这个提议。梁士诒就在天津成立了惠民公司。

1916 年 2 月，法国政府派遣陆军上校陶履德以农学博士的身份来华同惠民公司进行具体磋商。双方商定了方案细节，于 5 月 14 日签署了招工合同。合同规定：华工在惠民公司和法国陆军的管理之下，在法工作期限为 5 年，每日工资 5 法郎；往返旅费由法方负责；给予华工每人 50 法郎的安家费。

合同签署后，惠民公司很快开始招募华工赴法。1916 年 7 月 11 日，第一批约 1700 名华工从塘沽出发，于 8 月下旬抵达法国。到 1918 年 10 月，经惠民公司输出到法国的华工已经达到 3.5 万人。

李石曾得知法国政府希望招收华工的消息后，立即向法国政府建议，把招工委托给梁士诒等官僚会把无赖、流民送入法国，危害法国的风纪，应该把招工的事情委托给留法俭学会，从云南、贵州、四川、广西等内陆省份招募老实的农家子弟，并开办教育机关，教授华工法语和科学知识，这样对两国都有利。李石曾显然是希望把法国招收华工作为一个有利契机，以推动实现他的壮大留法队伍、发展教育事业的宏图大志。李石曾内心更深层的想法就是，以赴法华人规模的壮大，推动法国政府效法美国，退还中国对法庚子赔款，以利于中国的教育事业。

李石曾的建议被法国方面接受，法国招工局和留法勤工俭学会共同着手在中国西南省份招收青年农民。

除惠民公司和李石曾这两条招募途径之外，还有得知消息的国内失业工人从威海卫自行渡海赴法工作。通过这一途径入法的华工数量最多，有 10 万之巨。就这样，一战期间赴法工作的华工总数约 15 万人。据统计，赴法华工有近 3.7 万人被分配到法军，他们的工作地点，几乎遍及全法国的 80 余座工厂。

对大批参战华工进行教育，是华法教育会在法国最主要的任务。华法教育会的领导者认为，华工良莠不齐，必须进行教育，主要举措就是开办华工学校。华法教育会发起的当天，就举行了华工学校入学考试。

1916 年 4 月 3 日，华工学校正式开学。该校设法文、中文、卫生等科目。中文方面为文辞、修身等课程，蔡元培为此编辑了德育、智育讲义四十讲。法文方面包括语法、算学以及理化与工会组织等课程，由法国人讲授。华工学校第一期招收学员 24 人，都是在法国劳动多年的华工。

由于对赴法华工需求量大，招工条件执行得并不严格，大批文化水平很低的成年人被招募到法国。当时法国的工业化水平较高、生产设备比较先进，要求工人具备一定的工艺水平。可是，大批华工的文化水平很低，组织管理也不方便。考虑到这些因素，法国政府也欢迎对华工进行必要的教育，支持华法教育会开办华工学校，“经政府赞成，指借校舍，并每岁津贴一万法郎”。

对为数甚多的华工进行教育，开办学校无疑是杯水车薪。通过华工学校进行教育，只能培养华工领袖，并希望他们带动华工自我学习、自我教育。

为了扩大教育面，华法教育会创办了《华工杂志》。1917 年 1 月 10 日，《华工杂志》正式创刊，其宗旨是通过提倡勤、俭、学，帮助华工走向新的人生，最终实现“工界改良”。《华工杂志》使用带有拼音的简洁的白话文，并附有对照法文，报道一战状况和中国国内动向，每期发行近 1000 份。华法教育会计划采取的另外一个措施是在巴黎开办翻译讲习班，以造就勤工俭学的优秀人才，但由于国内政局的变化和蔡元培等人的回国没有来得及实行这个计划。

但是，他们将这个想法转化为在国内力推勤工俭学运动，以实现教育华工的最初设想。

华法教育会的力量是有限的，更多的华工实际上是在劳动中接受教育，通过干中学增长了知识、提高了技能。

随着 1917 年 8 月 14 日北洋政府对德宣战，中国加入了协约国集团。在法华工更被视为中国替代出兵的选择，被公开派赴前线从事挖战壕、运输弹药等苦役，许多华工牺牲在战场上。但令人遗憾的是，在弱肉强食的年代里，15 万参战华工的贡献，并没有得到充分尊重和肯定。在 1919 年的巴黎和会上，日本污蔑中国没有参战贡献，北洋政府的外交代表用华工的例子说明中国的巨大牺牲，却为把持和会的列强所无视。战后，随着华工的陆续回国，这段历史逐渐变得鲜为人知，就像今天在法国城镇可见的华工坟墓一样寂寂无闻。

但是，15 万华工毕竟参与了历史，他们是历史转折时刻的书写者和见证者。他们没有想到的是，他们在法国辛苦工作的同时，不经意间见证了一场改变中国历史走向的运动，而且他们还以各种方式参与了这场运动。

留法勤工俭学运动的热潮到来了！

热潮

思想动员与行动准备

01

变革前夜

1917 年是世界历史的转折点。

这年 3 月（俄历 2 月），俄国爆发了二月革命，沙皇尼古拉二世宣布退位，统治俄国 300 多年的罗曼诺夫王朝被推翻。但是，新上台的临时政府不顾内外交困的局面，继续坚持参加一战，承担对协约国集团的义务，战场上的败绩和民众的持续不满使俄国国内潜藏着深刻的危机。4 月，美国正式对德宣战，使处于胶着状态的一战向协约国集团胜利的方向倾斜，旷日持久的战争初现结束的曙光。11 月 7 日（俄历 10 月 25 日），俄国发生震惊世界的十月革命，列宁领导的布尔什维克党推翻资产阶级临时政府的统治，建立了世界历史上第一个实行无产阶级专政的国家。

这些事件的先后发生，给中国国内以强烈震撼。

在中国国内，1917 年也是多事之秋。

1916 年 6 月袁世凯死后，北洋军阀群龙无首，统治集团发生分裂，形成了直系、皖系、奉系三大派系，都想夺取国家政权。各地的中小军阀更是如过江之鲫，为争夺地盘而征战不休。民国中央政府势力衰微，实际控制的地区只有北京周边及几条重要铁路线，对地方鞭长莫及。在中央政府内部，也存在着以黎元洪为首的总统府和以段祺瑞为首的国务院之间的激烈政治斗争，史称“府院之争”。驻守徐州的张勋率领辫子军进京调停，演出了复辟帝制的闹剧。以孙中山为代表的革命党人要求北洋政府恢复《临时约法》，在南方发起了护法运动，中国一时间出现了南北两个政府。由于西南军阀排挤孙中山，护法运动无果而终，旧式的革命道路走入绝境。在北洋军阀的统治之下，中国陷入军阀割据、战乱频仍、生灵涂炭、民不聊生的悲惨境地，污浊的政治局势与辛亥革命前的晚清时期相比有过之而无不及。

军阀们在政治上争权夺利，在管辖区域内横征暴敛，大量资源被投入军事领域，关系国家未来的教育事业不受重视。近代中国的教育事业本来就很落后，现代意义上的大学在19世纪末才开始筹办，不仅数量少，而且沿袭了帝制时代培养官僚的思路，偏重于法科学生的培养，教育结构和专业设置极不合理。辛亥革命之后，中国的高等教育事业虽然有所发展，但仍存在学校数量偏少、以专科院校为主、法科独大的问题。在1905年清廷废除科举后，中国教育体制的近代化前进了一大步，各地纷纷开办中小学，全国每年的中学、中等师范及各类实业学校学生人数高达几十万，严重滞后的中国高等教育显然无法消纳如此规模的中学毕业生。

袁世凯统治时期，这种教育供给与需求之间的矛盾更为突出。袁世凯因称帝需要，为筹安会、公民请愿团等支持帝制的团体提供了大量资助，以此收买人心。袁世凯还大力提倡“尊孔读经”，为恢复帝制大造舆论，在他看来，发展新式教育并不利于实现他的“皇帝梦”。

袁世凯死后，军阀混战连年不断，教育事业受到严重摧残。在湖南，全省 1915 年的教育经费由 298 万元减至 165 万元，湖南高等师范学堂、商业专科学校在 1916 年停办，法政学堂、工业学堂、医学专门学堂等公立、私立高等院校的学生人数在五四运动前仅有 918 人，而中学生人数为 12408 人，升学率不到十分之一。特别是在张敬尧担任湖南督军期间，湖南教育事业每况愈下。1917 年湖南省教育经费只有80万元，张将其中的30万元充作军费。1918年10月，湖南公立商业专门学校等5所学校校长，因经费没有着落，联合辞职。11 月，又有 9 所学校校长卸任。张敬尧所部的士兵还在长沙各校霸占校舍，捣毁教学器具，使学校难以开课。1918 年秋，张敬尧还通令各公立学校不准招收新生，进一步堵塞了湖南籍青年的求学之门。

四川的情况也不乐观。1915 年，四川全省的教育经费从 313 万元减至 287 万元。到 1917 年，全省高等院校学生人数实际仅有 800 余人，并集中在成都地区，而拥有 10 余所中学、职业学校、师范学校的重庆在五四运动之前没有一所高校。随着中学毕业生人数逐年积累，升学难问题在四川显得极为突出。仅 1916 年，四川即有中学毕业生 4000 余人，升学问题亟待解决。各县县长和中学校长纷纷函电告急，要求尽快兴办大学。但四川的各派军阀对此置之不理，为了扩充各自的势力范围，还挪用教育经费，四川的教育事业举步维艰。

先进的中国知识分子对这种状况是不满意的，他们一直在为救国而努力，将组织赴法勤工俭学活动视为他们义不容辞的使命。而接受了新式基础教育的热血青年出于挽救民族危亡的崇高理想，以及渴望继续求学深造的现实需求，也认同通过留学获得知识和技能，以遂平生“科学救国”“实业救国”“教育救国”的志向。

与教育事业相比，中国的民族工业在一战时期得到了空前的发展，甚至出现了一个短暂的繁荣时期。由于欧美列强忙于在欧陆战场上厮杀，暂时放松了对中国的侵略，以轻工业为主的中国民族工业因而获得了一个相对宽松的发展环境。爱国情怀、产业报国思想和经济利润刺激的综合作用，使民族资本家有很大热情投资建厂。纺织业和制粉业这两个轻工业的典型行业最能说明这一变化。纺织业方面，中国民族资本主义工厂的纱锭数量从 1913 年的 48 万枚增加到 1921 年的 124 万枚，增加了约一倍半，同期，纺织机数量从 2016 台增加到 5825 台，也增加了近两倍。制粉业方面，从 1901 年到 1912 年的 10 多年间，由民族资本新设的工厂有 25 座，从 1917 年到 1920 年的几年间，又新增了工厂 26 座。

中国民族工业发展达到一定程度后，十分需要有技能的工人和技术人员。但在 1918 年，国内仅有 10 所工业专门学校，学生 938 人，这种状况同工厂数目的激增是极不协调的，远不能适应当时民族工业发展的要求。为了解决这个矛盾，借助先进的资本主义国家的教育机构来培养人才，就得到了中国民族资本的支持。

02

新思想的激荡

与混乱的政治局势相比，中国思想界却是空前活跃。基于对民国建立以来政治现实不能令人满意的反思，陈独秀、李大钊、蔡元培等中国的先进知识分子广泛介绍各种国外的思想。这些思想在国外已经产生了数十年，一经引入，就似阵阵新风吹向沉闷已久的中国思想界，令渴望新鲜事物的青年们耳目一新，许多人从中看到了获得新的未来的希望。

1915 年 9 月，从日本归来的陈独秀在上海创办《青年杂志》，第二卷起改名《新青年》。以这个杂志的创办为标志，中国近代史上著名的新文化运动拉开了帷幕。新文化运动以“科学”和“民主”为旗号，对传统的封建文化发起了猛烈攻击，对旧思想、旧文化、旧风俗、旧道德进行了深刻反思，从而开一代青年思想启蒙与解放之先河。

1917 年，蔡元培时任北京大学校长，他对暮气深重、教学不振的北京大学进行了大刀阔斧的改革，使北大气象一新。他奉行“思想自由，兼容并包”的办学方针，聘请陈独秀担任北大文科学长，委任李大钊为北大图书馆主任，延揽了胡适、钱玄同等一批留洋归来的青年才俊，接纳刘半农、梁漱溟等当时虽未留洋但思想开明、见解深刻的英才任教，对新思想、新文化的传播持开放包容的态度。

新思想的传播带来了新一轮的西学东渐，其结果就是泛劳动主义、新村主义、无政府主义、工读主义等思想的盛行，它们都为早期的留法勤工俭学运动提供了思想基础。

泛劳动主义的创始者是俄国大文豪托尔斯泰。托尔斯泰本身是俄国庄园主，却对农奴极为同情。尽管衣食无忧从事文学创作并博得世界性声誉，但他内心深处却始终存在着负罪感，一直在寻求建立更为美好的社会的途径。在生命的最后时刻，他愤而离家出走，对沙皇统治下不公平不人道的俄国社会发出了无声的抗议。托尔斯泰推崇劳动的价值，强调劳动对于人生存的意义，以“自劳自食”为荣，把人人都参与劳动作为消灭社会不平等和阶级差异的根本途径。由于托尔斯泰的文学地位，他的这些思想观点随着他的作品得到了广泛传播。

蔡元培 1915 年 10 月所作的《勤工俭学传序》中就比较明显地表达了泛劳动主义的观点，如“作工为吾人之天职”，“惟人人各作其工，斯人人能各得其所需”，“苟有一人焉，舍其工而弗事，则人类之中，必有受其弊者”。《新青年》《晨报》《少年中国》等报刊，也曾经传播过托尔斯泰的观点，在青年中有一定影响。

新村主义是空想社会主义的一种，与 19 世纪三大空想社会主义者之一的欧文的主张较为类似。1910 年，日本武者小路实笃在《白桦》杂志上开始宣传新村主义，经过留日学生的引介传播到中国。新村主义向往无政府、无剥削、无强权，既读书又劳动的田园诗般的新生活，希望通过建立新村，实现人人劳动、彼此互助，认为新村在全球普及之时，就是世界大同实现之日。

新村主义既赞美个性又赞美协力，既发展自由的精神又发展共同的精神。这种主张将欧文的“合作公社”理念应用于东亚的村舍环境，既与中国古代的耕读传统有暗合之处，也不乏“采菊东篱下，悠然见南山”的价值追求，因而受到中国有志青年的欢迎。毛泽东、蔡和森、恽代英、王光祈等人都曾受过新村主义的影响。

与泛劳动主义、新村主义相比，无政府主义的思想脉络更为绵长。自 19 世纪中期产生之后，历经蒲鲁东、巴枯宁、克鲁泡特金、邵可侣等人的发展，到一战时期，已形成系统庞杂的理论体系。其中，克鲁泡特金、邵可侣的思想对中国的影响最大。

克鲁泡特金认为，达尔文所发现的生物界存在的“生存竞争”“优胜劣汰”的法则只适用于不同种的生物群，在同种的生物群中，只有互相援助，没有竞争。从这一观点推演，他认为人类具有强烈的互助互援的本能，这是促进人类社会不断发展的根本动力。克氏的观点通过他的作品《互助论》得到广泛传播，适应了缓冲达尔文进化论带来的心理震撼、获得情感抚慰的集体心理需要。

邵可侣则进一步宣扬了“进化即革命”的理论，认为革命以进化为前提，而进化本身就会造成革命，进化与革命不断交替演进，最终会建立理想社会。进化与革命既然可以等量齐观，那么关键就在于采取宣传、教育等手段，以推动社会进化。无政府主义的另外一个重要主张就是无政府工团主义，它提倡并实行工人阶级用新的方式组织社会生产，幻想通过罢工、示威等方式推翻资本主义制度，在理想实现之后，以工团为社会组织的基层单位组织生产，以多个工团组成工团会议联盟来对社会进行管理。

无政府主义对中国思想界的影响很大，在中国古代也能找到类似的主张。

先秦时期的《击壤歌》就曾赞扬日出而作、日落而息的生活，赞叹："凿井而饮，耕田而食。帝力于我何有哉！"《礼记 · 大学》中就有"苟日新，日日新，又日新"的进化革新思想。春秋战国时期的墨子提倡"兼爱""非攻"，主张人类互助互爱，化解纷争。魏晋时期的陶渊明撰写了千古名篇《桃花源记》，营造了一个"阡陌交通，鸡犬相闻""黄发垂髫，并怡然自乐"的理想世界，这里的人们"不知有汉，无论魏晋"，遂成为中国文人千年追寻的桃源梦。

蔡元培等在成立华法教育会之初，将进化与春秋三世说相提并论，把人道主义与世界大同混为一谈："春秋三世之说，由据乱世而升平世，而太平世，即今日所谓社会进化之例。礼运大同之说，即今日所谓人道主义。"

早期的留法人士李石曾、褚民谊等都是无政府主义者。蔡元培虽不是无政府主义者，但也存在比较明显的无政府主义思想倾向。无政府工团主义的思想，在旅法华人中的影响更大。1916 年开办的华工学校，专门聘请法国人开设工会组织课程，传授有关组织工会、进行总同盟罢工等工团主义常识。在中国的无政府主义者们看来，青年赴法留学既是阐扬中国"先儒哲理"的必要举措，也是宣传无政府主义的很好途径。通过倡导"实业与教育合一"，培养出一大批既有科学知识又有较高工艺技能，既有一定资本又具备“协合组织”能力的无政府主义者，最终达到以无政府主义改造中国的目的。

泛劳动主义、新村主义、无政府主义等思想的内容倾向虽然各不相同，但却不乏共同或相似之处，它们都承认资本主义制度存在缺陷和不足，看到社会各阶级在政治、经济和社会地位方面存在巨大差距，崇尚社会公平和分配正义，希望通过渐进的、局部的、改良的手段，建立没有剥削、没有压迫的理想社会。这些思想既与中国传统思想中对大同社会的追求、“不患寡而患不均，不患贫而患不安”的公平观念、“等贵贱、均贫富”的平均主义思想、“穷则独善其身，达则兼济天下”的自我修身要求、提倡知行合一的处世方法等有一致的地方，同时也对中国传统思想中一些陈腐的观念有所革新，如打破中国传统社会“士农工商”的阶层区隔，颠覆“劳心者治人，劳力者治于人”等贬低体力劳动的落后观念，等等。

在一战期间，这些思想被当作社会主义理论介绍到中国时，非常容易为急欲挣脱封建枷锁、追求新思想的青年所接受，这些具有改良主义特征的思想在中国一度泛滥。

汇聚成共同的行动

进入 1918 年，已经打了 4 年的一战进入尾声，来自国际上的爆炸性新闻一次次地冲击着国人的神经。

1918 年 1 月，美国总统威尔逊提出了“十四点原则”，明确提出了美国对战后国际秩序的主张，其公开外交、民族自决、公海自由、组建国际联盟等主张受到饱受战火摧残的国家的欢迎，被国际舆论称赞是“世界和平纲领”。3 月，苏俄同德国及其同盟国签署《布列斯特和约》，以丧失大量领土和缴付巨额赔款的条件实现了和平，使建立不到半年的苏维埃政权退出了一战，为巩固政权、整顿国家经济和建立红军赢得了时间。11 月，德国发生革命，威廉二世被迫退位，德意志第二帝国灭亡。11 月 11 日，德国签订《贡比涅停战协定》，一战正式结束，协约国集团取得了一战的胜利。由于当时的中国已经加入协约国集团，协约国集团的胜利也被认为是中国的胜利。

这场胜利引起了中国人的普遍兴奋，因为这是自鸦片战争以来近 80 年中中国首次取得的胜利，中国人为了这一刻已经等了太久。人们为终于能够扬眉吐气而欣喜若狂，既然中国为世界和平作出了巨大贡献，那么世界应该还中国以公道。

11 月 15 日，北京各界在天安门召开庆祝大会，蔡元培率领北京大学学生参加。他发表了著名的《黑暗与光明的消长》的演说，声称：“现在世界大战争的结果，协约国占了胜利，定要把国际间一切不平等的黑暗主义都消灭了，别用光明主义来代他。”他认为，一战的胜利标志着“黑暗的强权论消灭，光明的互助论发展”，“阴谋派消灭，正义派发展”，“武断主义消灭，平民主义发展”，“黑暗的种族偏见消灭，大同主义发展”。简而言之，一战的胜利是代表提倡互助精神的协约国集团战胜代表崇尚强权的同盟国集团，是“公理战胜强权”。

北洋政府陶醉了，协约国集团获胜的消息传到中国后，北洋政府以全国放假 3 天来庆祝。11 月 28 日恰逢西方传统的感恩节，为庆祝中国作为第一次世界大战战胜国的荣誉，北洋政府在故宫太和殿举行盛大的中外军队阅兵式，邀请各国驻华使节参加，徐世昌大总统发表讲话，各界游行欢庆胜利，进一步营造了喜庆的氛围。北京市民陶醉了，沉浸在“公理战胜强权”的错觉之中的人们，将象征耻辱的克林德碑，改名为“公理战胜碑”。

“公理战胜强权”的观念深入人心，使泛劳动主义、新村主义、无政府主义等思想得到了进一步传播，为留法勤工俭学运动烘托了气氛。在青年人的心目中，作为协约国集团大本营的法国既是革命的圣地，也是保卫世界和平的灯塔，以自由、平等、博爱为精神内核的法国文明是人类文明的典范，当然也是中国急需学习的对象。许多人在潜意识中认为，法国的今天就是中国的明天。

一战期间，15 万参战华工赴法和战后中法邦交的升温，也使中国国内积极组织的留法勤工俭学运动引起了法国政府的重视，开始加以关注和引导。

1918 年 11 月，法国政府特使格里耶提交了一份《关于扩大对华影响、宣传法兰西文化的行动计划》，认为“中国问题是整个远东问题的核心，中国问题说到底首先是一个经济问题；中国经济已经开始发生深刻的变革，其结果，必然是将中国引向工业化的方向；20 世纪将是中国的世纪。法国必须从长远的战略的高度来重新看待中国”。格里耶率先从经济角度分析法国吸引中国留学生的重要性和必要性，提出了“留学生是传播法国文化、扩大法国影响的最佳载体”的观点。这个观点受到法国政府的重视。

1920 年 6 月 22 日至 9 月 11 日，受法国政府派遣，法国前内阁总理、议员班乐卫率团访问中国。这个代表团由巴黎高师校长、巴黎大学法学院教授、国家铁路总督、铁路工程师等 6 名科技教育界的权威组成。媒体对其访华活动进行了广泛报道：“班乐卫先生感到幅员辽阔的中国前途无量。法国的责任是通过把这两种文明的长处结合起来去帮助她进步。”“在中国实现现代化，需要文化指导和技术咨询的时候，法国不应该缺席。”

班乐卫和中国政府达成了 5 项“有利于法国的结果”：每年资助设在巴黎的中国学院 10 万法郎；在中国一所著名大学内设巴黎大学分校，每年为此拨款 50 万法郎；重印一部中国古典名著集成，并给法国 3 套；在里昂筹建一所中法大学，接收中国学生；由法国重新接办 1917 年被查封的上海德国工业学校。班乐卫率团访华，表明法国对华政策进行了重大调整。法国看到了吸引留学生的巨大潜在价值，对留法勤工俭学运动进入高潮起到了推波助澜的作用。

人类历史发展的规律告诉我们，只有极少数的人是先知先觉者，他们发挥着“盗火者”的作用，能够真正洞察历史大势和时代趋势。

李大钊就是这样的先知先觉者。

1917年俄国十月革命发生后，中国的《申报》《时报》在报道中，不乏歪曲的声音，但李大钊已从中看到了俄国革命的世界意义。到1918年，布尔什维克党已站稳脚跟，俄国革命对世界的巨大影响已经毫无悬念。李大钊感觉，曾经光芒万丈的法国革命已成为历史的陈迹，而俄国十月革命则开辟了历史的新纪元。1918年7月，他发表了《法俄革命之比较观》一文，认为法国革命是具有爱国精神的国家主义革命，俄国革命则“是立于社会主义上之革命，是社会的革命而并著世界的革命之采色者也”，“前者根于国家主义，后者倾于世界主义；前者恒为战争之泉源，后者足为和平之曙光”。

随着对十月革命的认识不断深化，他对一战和协约国集团取胜的看法也在深化。1918年11月，李大钊在北京召开的庆祝协约国集团胜利的大会上发表演讲，发出了与蔡元培不同的声音。他认为一战的胜利并不是协约国集团的胜利，而是“庶民的胜利”，一战的结局是“资本主义失败”，“劳工主义战胜”，“须知今后的世界，变成劳工的世界。我们应该用此潮流为使一切人人变成工人的机会，不该用此潮流为使一切人人变成强盗的机会”。同月，李大钊还在《新青年》上发表了《布尔什维主义的胜利》一文，文章指出，一战终结的真正原因，是德国的社会主义战胜了德国的军国主义，同时指出十月革命的胜利，就是布尔什维主义的胜利。他满怀信心地预言：“试看将来的环球，必是赤旗的世界！”

李大钊的这些重要文章，是中国较早的马列主义文献，为马克思主义在中国的传播发挥了积极作用。

一如无政府主义等思想的传播伴随着对劳动价值的重视，对马克思主义的宣传，则伴随着对劳工阶级作用的强调。李大钊认为，若使现代文明牢固的根植于社会，知识阶级和劳工阶级应结成一体。

李大钊宣传的马克思主义，逐渐为许多先进知识分子所认识。对青年学生们来说，工人已经不再是资产阶级启蒙教育的对象了，它作为一个享有未来的阶级而崛起。是否和他们结合起来，就成为青年学生们未来的分水岭。当时的绝大多数中国知识分子，还不能清楚分辨马克思主义所主张的社会主义与无政府主义等思潮所主张的社会主义的区别，却有着“劳工神圣”的共识，醉心于实践工读主义。知识界普遍认为，赴法勤工俭学是将新思想新理念付诸实施的很好尝试。

周恩来后来总结说：“迨欧战既停，国内青年受新思潮之鼓荡，求智识之心大盛，复耳濡目染于‘工读’之名词，耸动于‘劳工神圣’之思，奋起作海外勤工俭学之行者因以大增。”

04

湘潮涌动

留法勤工俭学运动能够得到广泛响应，与当时中国进步青年的成长需求有着密切关系。为了求知学技、救国救民，青年学子自发组织华法教育会系统之外的社团，也在积极推进留法勤工俭学运动。在这方面，湖南籍青年毛泽东、蔡和森等组织的新民学会最为典型。

1918 年 4 月 14 日，新民学会在湖南长沙岳麓山刘家台子蔡和森家召开成立大会，大会通过了毛泽东、邹鼎丞起草的新民学会会章。会章规定：学会宗旨是“革新学术，砥砺品行，改良人心风俗”。会员守则为“一、不虚伪；二、不懒惰；三、不浪费；四、不赌博；五、不狎妓”。会议还选举萧子升为总干事，毛泽东、陈书农为干事。

新民学会从湖南省立第一师范学校及长沙各学校学生、部分中小学教员中吸收了一批优秀青年，会员 70 余人。新民学会成立当月，就为罗章龙赴日留学饯行。毛泽东曾写诗相赠，“年少峥嵘屈贾才，山川奇气曾钟此。君行吾为发浩歌，鲲鹏击浪从兹始”，表现出吞吐山河、指点江山的豪迈气概。

新民学会成立不久，会员们就从杨昌济先生和《新青年》等刊

1919 年部分新民学会会员在长沙的合影

物那里，获悉了可以赴法勤工俭学的消息。萧子升和毛泽东、蔡和森等人，就出国留学问题，特别是新民学会会员怎样出国留学的问题，进行了具体的研究，并决定由会员集体讨论。6 月下旬，新民学会在湖南一师附属小学举行会议，讨论会员“向外发展”的问题。认为留法勤工俭学有必要，应尽力进行，并推举蔡和森、萧子升“专负进行之责”。

6 月 25 日，蔡和森到达北京。他立即展开了活动，并收获颇丰。经过杨昌济的介绍，他拜会了李石曾、蔡元培，并取得了他们的同情和支持，终使北洋政府侨工事务局应允借款五六千元，以解决 25 名湖南青年的赴法旅费。他还通过杨昌济争取到熊希龄、章士钊等湖南籍名流在经济上的支持。在此基础上，他就赴法进行了大力宣传，打算“将青年界全体煽动，空全省之学子以来京”。这一宣传的影响颇大，鲁其昌、张宪武等 20 余名湖南青年先后到北京、保定。

蔡和森为湖南青年和新民学会会员赴法事宜多方奔走，展现出很强的组织和宣传才干。

值得注意的是，蔡和森抵达北京时，蔡元培等人只是发出了赴法勤工俭学的号召，北京的华法教育会甚至还没有做好大量响应者前来报名的准备工作。华法教育会的组织和办学情况都滞后于它的宣传。北京总会的办公室设在方家胡同，门口挂有“华法教育会”和“留法勤工俭学会”两块牌子。里面只有一间办公室，办公室内也只有一张办公桌和一台电话。平素无人办公，只是轮流由一人负责留守。华法教育会还没有具体的开办留法勤工俭学预备学校的计划。李石曾在保定蠡县布里村创办的留法勤工俭学初级预备学校本为培训华工而设，还没有开学。

尽管如此，湘籍先进青年赴法勤工俭学的热情并未因此而低落。

蔡和森在给毛泽东的信中写道：“此万不可以‘人数有限’遏其动机，绝其希望；当另筹一调剂办法，尽量容收，成一大组织。”他力劝毛泽东赴北京，说：“吾辈须有一二人驻此，自以兄在此间为最好。”在蔡和森的一再劝说下，毛泽东于7月底决定作北京之行。一旦作出决定，毛泽东便全力进行鼓动与组织青年赴北京、保定地区以进入留法预备学校的工作。罗学瓒曾经评价说：毛泽东“此次在长沙招致同学来此组织预备班出力甚多，才智、学业均同学所佩服”。8月19日，毛泽东和萧子升、罗学瓒、罗章龙、陈赞周等20多名准备赴法勤工俭学的青年抵达北京，这是毛泽东平生第一次到北京。

客居北京并不容易，毛泽东与蔡和森等8人住在距北京大学不远的三眼井吉安东夹道7号三间狭小的房子里，“隆然高炕，大被同眠”，生活清苦。但新民学会会员们毫不在意，他们立即以极大的热情投入到推动赴法勤工俭学的事宜之中。

毛泽东等人到北京，促使华法教育会开始采取行动，开办专门供勤工俭学生学习的学校，这就使留法勤工俭学运动摆脱了空泛宣

北京景山东街三眼井吉安东夹道 7 号

长辛店留法勤工俭学旧址

传而进入大规模实质性操作阶段，是留法勤工俭学运动勃兴的一个重要标志。正如华法教育会所说的那样："毛君泽东（此人未入预校）等十二人（实为25人）亦自湘来京，而留法之形体遂具。"

新民学会会员的努力得到了华法教育会的支持。毛泽东到达北京当月，经杨昌济协助联系，蔡元培同意为湖南青年先办3处留法预备班，分别是北京大学高级留法预备班、河北保定育德中

学高级留法预备班、蠡县布里村初级留法预备班。进京的湖南青年很快得到了安置。至1918年11月，在3个留法预备班学习的学生，约140人，多为湖南人。

进入留法预备班学习的湖南青年，一般未经过入学考试，由华法教育会按其文化程度的高低分别安排进入预备班，仅小学文化程度者，大多分配在初级留法预备班，中学或中学以上文化程度者，一般分配到高级留法预备班。新民学会会员为推动留法所表现出的吃苦耐劳、坚忍不拔的精神，给华法教育会的负责人和在京湖南籍名流留下了深刻印象。

毛泽东等人为筹集赴法旅费和办理各项手续而四处奔走，并取得重要进展。北洋政府侨工事务局答应将湖南学生贷款名额增至70余名。应华法教育会要求，毛泽东代表湖南青年起草了赴法勤工俭学的计划。这一计划提出了在国内做好充分准备以减少留学后困难的方法，特别强调先派一些人赴法探路的重要性。华法教育会完全赞同这个计划，并且录用萧子升为华法教育会的秘书。1919年初，萧子升和李石曾先行赴法，以协助组织安排赴法具体事宜。

在新民学会的带动下，进京的湖南学生越来越多。1918年10月6日，毛泽东和蔡和森、萧子升到保定，迎接由陈赞周、邹鼎丞带领的第二批准备赴法的30多位湖南青年。到1919年2月，在3

蒙达尔纪的青春岁月

1919 年，向警予、蔡畅等人在长沙发起成立
湖南女子留法勤工俭学会，会址设在周南女子中学

向警予

蔡畅

个留法预备班学习的青年已有 300 多人，分为 8 个班，“有全系湖南学生为一班者，有合少数他省学生为一班者”。

新民学会在北京的努力，在湖南省内也引起了很大反响。

1919 年 10 月，华法教育会湖南分会开办的游法机械科预备班开学。一些专门教授法文的学校，亦先后在长沙开办。留在湖南的新民学会会员向警予、蔡畅等在湖南的女青年中也积极进行宣传组织工作，相继发起周南女校留法勤工俭学会、湖南女子留法勤工俭学会。

南北军阀争夺的湖湘大地，此时正涌动着留法勤工俭学的热潮。毛泽东、蔡和森等新民学会会员，显然是勇立潮头的弄潮儿，他们正在为卷起新时代的浪潮而积蓄力量。

05

巴蜀星火

四川虽然深居内地，却是留法勤工俭学运动最早兴起的省份之一。

四川地理条件相对闭塞，但通过长江水运可与东南各省相连。自 1895 年《马关条约》签订后，重庆开辟为通商口岸，法国在重庆设立有领事馆，赴法勤工俭学的消息在省内并不陌生。袁世凯死后，四川的政局极不稳定，大小军阀混战不已，哀鸿遍野、民不聊生。青年学生痛恨军阀割据，迫切希望改变四川兵连祸结的局面。

与湖南勤工俭学主要由青年学生和学生社团发起不同，留法勤工俭学得到了四川各界名流的有力支持。其中，辛亥革命的元勋吴玉章、黄复生在其中发挥了重要作用，商界开明绅士和地方政府也起到了积极作用。

早在 1912 年，李石曾等人在北京成立留法俭学会后，吴玉章等人就在成都成立了四川俭学会，并开办了留法预备学校。二次革命时期，北京留法预备学校迁入四川会馆，直至解散。这些历史因缘，对在四川青年中提倡并实行留法俭学起到了很大作用。

1917年北京华法教育会成立后，吴玉章不仅在北京、上海等地鼓励青年留法，还联合四川名流熊克武、黄复生、但懋辛等成立华法教育会四川分会。四川分会的赞助员以及参加执行部、评议部的社会各界人士有150多人，名列各省之首。

华法教育会四川分会成立后，即着手筹办留法预备学校。

1918年3月，成都留法预备学校开始招生，报名者十分踊跃。4月，学校正式开学。这个学校没有校址，借成都志诚法政专门学校校址上课。吴玉章担任学校的名誉校长。学校前后办了两期，第一期入学新生150余人，分为4个班上课。开设了几何、代数、物理、化学、美术、法文等课程，并以法文为主。陈毅和他的哥哥陈孟熙，后来的天文学家刘子华、文学家金满成，就在第一期学生之列。

1919年春，第一期学生的学业结束。四川督军熊克武、省长杨庶堪指示学校，“凡经毕业考试名列前30名者，由政府发给每人旅费津贴400元，以资鼓励”。其余能够自筹旅费和留法费用的学生，也可赴法。

经过考试，陈毅和哥哥陈孟熙双双被录取。第一批学生赴法时，四川省政府特派该校法文教员吴刚为护送员，令其将学生们护送到法国。省长杨庶堪还电令四川东川道道尹及学生途经各县知事，派出团警保护学生，以利遄行。1919年秋，学校招收第二期学生，录取200余人，分为3个班上课，许多人后来学成留法。第二期留学生也由四川省政府委派章士林护送至法国，他们乘坐的木船上，还悬挂有法国国旗，避免了军阀混战和土匪可能带来的骚扰。

成都留法预备学校在四川发挥了很好的带动和示范作用。经由该校学习后留法的四川籍学生，大约有100人。1919年6月，第一批成都留法预备学校毕业生赴上海时，曾在重庆停留。重庆总商会

1921年，
在法国留学的邓小平与邓绍圣合影

会长、大中银行总经理汪云松，巴县劝学所视学温少鹤等人目睹盛况，十分感动，于是联合川东各界以及法国驻重庆领事，发起成立留法勤工俭学会重庆分会。8月28日，重庆分会在重庆总商会内正式成立，汪云松、温少鹤、童宪章被推举为正、副会长。重庆分会的成立，为川东地区的青年学子留法推开了机遇之门。

重庆分会成立后，很快就开设了重庆留法预备学校。开学之前，学校从社会各界筹集捐款两万元，以作开办学校用途及将来留法旅费。学校设在重庆夫子祠内，设施简陋，学生一律走读，食宿自理，学制一年。学校设有法语、中文、代数、几何、物理及工业常识等科目。1919年9月，学校正式开学，招收学生100余人。翌年8月，学生毕业，有83人填写了志愿表，申明本人赴法后希望进入的工厂类别，由法国领事发往法国。邓希贤（即邓小平）和他的族叔邓绍圣，以及胡伦、江克明、周钦岳等，都是该校的毕业生。

除了商界，四川的地方政府也为赴法勤工俭学生提供了经济方面的扶持，四川东川道道尹公署在其中作用突出。该署专门制定留学贷费章程，最初仅限男生，后来及于女生，规定赴法勤工俭学生每年可借款 200 元。此项借款的实施，使东川道所辖的巴县有 47 人留法，为全国各县之冠。

四川学生的留法也受到一些名人的资助和帮助。1918 年下半年，四川省省长杨庶堪保举了 17 名留法俭学生。1920 年，华人女性的杰出代表、早期留法的郑毓秀女士应吴玉章邀请，从法国回国，赴四川宣传男女平权，鼓励女生出国留学。同年 12 月，郑毓秀与张申府、蔡元培、刘清扬等同船去法国，她带了张振华等 6 名女性赴法，为她们筹措旅费，送至法国勤工俭学。

值得注意的是，获得私人资助、官费派遣、组织贷款的留学生，尽管解决了赴法的旅费问题，但他们赴法后的学习、生活费用等大多还没有着落。除此之外，有相当数量的青年出国留学是完全依靠自费解决的。他们或者依靠家中变卖田地、房产，或者通过私人借贷凑足盘缠。这样，他们的出国留学梦想与经济拮据的矛盾，就暂时得到了化解。

聂荣臻曾回忆：自己去法国，要一大笔钱，家里穷，就靠几个亲戚帮助，筹措了 300 块银元。“先到重庆，通过重庆［总］商会会长汪云松，到法国领事馆那里办了护照。”邓小平是自费赴法留学的。

百川到海，殊途同归。通过各种方式，近 2000 名青年就这样参与到留法勤工俭学运动中来，使这个运动迎来了它的高潮。

勤工俭学，到法国去，是那个时代大多数有志青年的心声。

远航

从中国到法兰西

01

五四的火炬

无论从哪个角度看，五四运动都是近代中国历史的转折点，也是新旧思想的分野标志。这个运动，直接起因于 1919 年巴黎和会上中国外交的失败，深层动因则在于鸦片战争之后近 80 年来中华民族对列强辱华的情绪积累和反抗压迫共识的集体表达。

世界已经变了，中国也变了，欧美列强却仍然用过去的思维看待和对待它们眼中的“东亚病夫”，于是，火山就这样喷发了。

1918 年 11 月，一战终于结束了，议和随即提上议事日程。1919 年 1 月 18 日，在巴黎郊外的凡尔赛宫召开了战后协约国会议，史称巴黎和会。来自 27 个战胜国的 1000 多名代表参加会议，中国也派出了以外交总长陆征祥为首的 5 人代表团与会。

作为战胜国，中国对巴黎和会充满了希冀，不仅希望收回战前德国在山东的一切利益，这些利益不得由日本继承，结束德、奥等战败国家在中国的政治和经济特权，而且要求取消 1915 年袁世凯政府与日本签署的丧权辱国的“二十一条”，并取消外国在中国的一切特殊利益，包括领事裁判权、租界、租借地等。中国的外交官们寄希望于新兴强国美国的支持，企图效法他们的先辈，采用“以夷制夷”的博弈策略，借力美国压制日本放弃继承德国在山东权益，收回胶州湾、胶济铁路和战前德国侵占中国山东的一切权利。

弱国无外交，外交毕竟是要靠实力来说话的。

巴黎和会的与会国被分为三六九等，和会实际上由英、法、美三国操纵，英国首相劳合·乔治、法国总理克里孟梭、美国总统威尔逊成为操纵和会的“三巨头”。他们仍然用19世纪的强权政治思维来看待20世纪的世界，为划分势力范围而讨价还价。为了满足日本的要求，他们决定牺牲中国的正当权益，将战前德国在山东的权益转让给日本。4月29日，英、美、法三国完全接受日本的提议，并将其载入巴黎和约。北洋政府屈从帝国主义列强的压力，准备由其代表在和约上签字。

中国外交失败的消息传到国内，群情激愤，一场声势浩大的爱国运动就此爆发。参与者们没有想到的是，他们用拳拳爱国心书写了历史。

1919年5月4日，北京大学、北京高等师范学校、中国大学等高校的3000多名学生冲破军警阻挠，在天安门前举行示威。学生们提出“外争主权、内除国贼”“誓死力争，还我青岛”“拒绝在和约上签字”“取消二十一条”等口号，一致要求惩办亲日派卖国贼曹汝霖、章宗祥、陆宗舆。示威队伍前往东交民巷使馆区请愿，但遭到巡捕的阻止。学生们感到在自己国家的土地上都没有行走的自由，益发憎恨卖国贼，于是前往赵家楼胡同曹汝霖的住宅。几个勇敢的学生越窗而入，从里面打开了大门，人们蜂拥而入，痛打了正在此处未来得及逃跑的章宗祥，然后放火烧了曹宅。北洋政府出动大批军警进行镇压，有30多名学生被逮捕。

长辛店留法勤工俭学预备班的学生参加了5月4日的游行。他们得到要举行示威游行的消息后，因为担心乘火车不能按时到达，就骑着毛驴赶往天安门。回到长辛店之后，学生们不顾疲乏，第二天起就到工厂和车站向工人和旅客进行演讲，要求释放被捕学生，反对政府签署和约。学生的行动得到了工人的极大同情和支持。铁路工厂的副厂长刘家骥是曹汝霖的女婿，他反对学生们的爱国行动，愤怒的学生同工人一起闯入刘宅，用煤油点燃了他的房子，在长辛店又上演了一次“火烧赵家楼”。

5月4日的游行仅仅是开始，为了对北洋政府施加更大的压力，阻止政府在和约上签字，学生们决定继续采取行动。5月19日，北京各校学生同时宣告罢课，并向各省的省议会、教育会、工会、商会、农会、报馆发出罢课宣言。全国多个城市的学生，在北京各校学生罢课以后，先后宣告罢课，支持北京学生的斗争。

进入6月，社会各界对学生爱国运动的支持和响应愈发广泛，在上海、天津等地工人的参与下，五四运动的能量终于显现出来。

6月5日，上海工人开始大规模罢工以响应学生。上海日商的内外棉第三、第四、第五纱厂，日华纱厂，上海纱厂和商务印书馆的工人全体罢工，参加罢工的有两万人以上。随后，上海的电车工人、船坞工人、清洁工人、轮船水手等也相继罢工，约有7万人。上海工人罢工波及各地，京汉铁路长辛店工人、京奉铁路工人都举行罢工和示威游行。6月6日，上海各界联合会成立，主张罢工、罢课、罢市。在上海的“三罢”运动的影响下，全国多个城市都有不同程度的反应。

在社会各界的巨大压力下，北洋政府被迫于6月10日释放被捕学生，并宣布罢免亲日派曹汝霖、章宗祥、陆宗舆，但仍然准备在和约上签字。6 月 28 日是《凡尔赛和约》正式签约之日，中国代表团驻地被旅法华工、留学生、华侨包围，代表团最后发表声明，拒绝在和约上签字。

经过一番波澜，不可违的民意终于在北洋政府的外交决策中得到体现。这是人民集体意志的胜利。

五四运动不可避免地影响到赴法勤工俭学运动，使这个运动更加具有政治的色彩，同时也促使赴法勤工俭学的这群风华正茂的青年加速成长。青年们参加了这场前所未有的爱国运动，明白了自己需要努力的方向。参加了“火烧赵家楼”的盛成写的一首诗，颇能代表大部分勤工俭学生的心声：“让我们赶快出国学习欧洲的知识吧，西方的文化会教给我们先进的技术、做工和学习的方法，让我们赶快奔向西方的工厂和农田劳作，让我们赶快在欧洲的学校学习，我们是人民的救星，先来拯救我们自己。奔向欧洲！奔向法国！”

许多青年的人生轨迹就此发生了改变。例如，时年 20 岁的聂荣臻选择去法国勤工俭学的一个重要原因，就是躲避在家乡参加焚烧日货运动面临的迫害。邓小平后来说：由于参加了运动，爱国救国思想有所提高。这时所谓救国思想，无非是当时在同学中流行的所谓工业救国思想。在那时自己的幼稚的脑筋中，只是满怀希望地到法国去，一面勤工，一面俭学，学点本事回国，如此而已。

02

工读主义理想的实践和失败

五四运动表明中国工人阶级作为新生的政治力量登上了历史舞台，这也使在此之前已在中国思想界流行的“劳工神圣”的思想得到了有力印证。新文化运动以来传入中国的各种崇尚劳动价值和作用的新思潮，与 1918 年起国内为赴法勤工俭学开展的各项准备活动结合起来，便产生了风靡一时的工读主义。经过五四运动实践的洗礼，工读主义变成一场运动，对不少青年产生了影响。

为青年赴法勤工俭学做准备的预备学习活动，在培养青年独立自主精神的同时，也为他们提供了一个眼睛向下、关注并向工人学习的极好机会。

长辛店留法勤工俭学预备班的学生，每天上午跟工人学习各项技术，午后学习法语、机械、几何、三角、代数等课程，晚上自习。在学习的同时参加体力劳动，这既使青年学生对劳动产生兴趣，也增强了他们同工人的联系。何长工回忆说：“这段期间，我们不仅掌握了最基本的生产知识，而且思想感情也逐渐和工人接近了，都感到劳动的伟大，嫌恶游手好闲的人。”

五四运动中，长辛店的工人与学生们密切配合，一起成立了各界救国联合会，共同开展了许多活动。各界救国联合会的基层组织是救国十人团，有 500 多名工人参加。工人和学生高呼着“打倒卖国奴”“收回青岛”的口号，在长辛店的街上游行，并连续三个夜晚举行了提灯游行。十人团团员如果在搜查商店和列车时发现日本产的肥皂、牙刷、牙粉，就会立即全部烧掉。他们还到工厂、车站等公共场所，以朝鲜和印度为例向人们慷慨激昂地述说亡国的危机和危害。每逢星期日，救国十人团就高举写着“长辛店救国宣传队”的大旗，到附近的农村进行几十里的游行，饿了就吃随身带的窝窝头。在游行中号召人们使用国货，抵制日货。他们还自办油印小报，经常刊登各地爱国运动的消息。

长辛店的情况并不是孤立的，留法预备学习与工人运动的结合，使青年的精神面貌发生了很大变化。在帝制时代，中国的知识阶层鄙视体力劳动，将工艺技能视为“奇技淫巧”，教育的目的是培养治理国家的士大夫。随着赴法勤工俭学运动的兴起，青年开始对读书与实践、有字之书与无字之书、劳动与求知、知识与技能的关系等问题进行思考，在深入到工人的日常生活中接受社会现实的教育后，对国情有了更直接的认识，对普通民众的疾苦有了更直接的感知，对家国天下责任感的体悟更为深刻。

1919 年，王光祈在北京成立了北京工读互助团，这是国内第一个工读主义团体。这个团体的宗旨是：“本互助的精神，实行半工半读。”团内实行各尽所能、各取所需的原则，团员们每天通过工作与读书，养成劳动互助的习惯。王光祈对这个团体，抱有宏大的希望，认为工读互助团“是新社会的胎儿，是实行我们理想的第一步”，希望用工读主义的方法促进社会进化，最终建立理想社会。

蔡元培、李大钊、陈独秀、胡适等社会名流都给北京工读互助团以支持。蔡元培专门撰写了《工学互助团的大希望》一文，称北京工读互助团的“宗旨与组织法，都非常质实。要是本着这个宗旨推行起来，不但中国青年求学问题有法解决，就是全中国最重大问题，全世界最重大问题，也不难解决”。王光祈本人也认为：“这次工读互助团的运动，便可以叫做‘平和的经济革命’。”

继北京之后，天津、上海、广州、南京、武汉等地也陆续成立了各种形式的工读互助团，不少赴法勤工俭学生也深受影响。北京工读互助团第 4 组 10 名成员均为准备赴法勤工俭学的四川籍学生，赵世炎就是其中之一。他当时很欣赏工读主义，并撰写了《工读主义与今日之中学毕业生》，论证工读主义特别适于正在寻找出路的中学毕业生，号召中学毕业生投身其中。他还和北京高等法文专修馆的其他四川籍学生于 1919 年 12 月联合创办了《工读》杂志，在发刊词中宣称，“‘工读’一件事，是我国学界现时正在酝酿、正要光明的”。同年成立的湖南女子留法勤工俭学会也是一个信奉工读主义的社团，该会成立时，参加的人很多，其中湖南学生占多数，一共有 170 余人。

但好景不长，由于组织能力、经济能力的限制，以及团员缺乏坚强意志、劳动习惯和生产技能，短短几个月的时间，包括北京工读互助团在内的各地工读主义团体，纷纷失败。

工读主义的理想与社会现实差距太大，青年学生过于理想化的设想缺乏实现的可能性，是工读主义实践失败的深层原因。率先发起成立工读主义团体的王光祈，也没有实地参与工读互助团，而是通过函件往来，天马行空般地进行规划和设计。

工读主义的实质，是小资产阶级的改良主义，它迎合了当时中国青年反抗压迫、反抗剥削、提倡实业和教育的希望，同时又避免用急进激烈的办法改造社会，因而为广大青年所接受，一时间风靡大江南北。但是，自身理论体系的不成熟，以及对社会认识的肤浅，决定了工读主义只能是青年成长阶段中的过渡性选择。

工读主义在国内的实践虽然失败了，但其思想却仍然影响着赴法勤工俭学生。王光祈在一次讲演中称："我们到法国勤工俭学，便是寻着一个得尽天职的机会，何等快活！我们虽是在法国终身工作也是可以的，切莫要把做工当作一种手段。"他自己于1920年赴德国留学。湖南籍学生贺培真也认为，赴法勤工俭学的目的就是实行理想的社会生活——工读生活。

踏上西去的航船

从1919年3月到1920年12月，有一千多名学生赴法勤工俭学。他们之中，产生了不少对中国近代史产生巨大影响的伟大人物，如周恩来、邓小平、蔡和森、陈延年、陈乔年、赵世炎、陈毅、聂荣臻、蔡畅、向警予、李富春、李维汉、徐特立、李立三、王若飞等。一个个如雷贯耳的名字，都与这场赴法勤工俭学运动有着密切的关系。如此多的英才，在如此短的时间内参与和推动着共同的事业，这在世界历史上是少有的。这是时代精神的集中呈现，这是中国群星闪耀的时刻。

1919年3月17日，日本邮船因幡丸号离开上海港开始了前往欧洲的航程。在送别的欢呼声中，89名年轻的中国学生，带着期待和不安的神情，离开了祖国的土地。此时，毛泽东也站在码头边，送别湖南青年赴法。他们是首批赴法勤工俭学生。旅途中又有2名学生上船，经过55天的航行，91名学生到达法国马赛。

1919年3月31日，第二批26名中国学生乘坐日本邮船贺茂丸号驶离上海。在第一批中国学生赴法之前，华法教育会和留法俭学会联合举办了欢送会，中法两国的来宾都出席了会议。法国总领事以及副领事、法国工部局的有关人员作为法国方面的代表出席并致辞。代表中国方面讲话的有华法教育会的高鲁、留法俭学会的洪诚、寰球中国学生会的朱少屏等人。他们在对法兰西文明进行赞美的同时也对中国学生寄予厚望：诸君旅法后，于学业外，更宜注意于彼邦文化之精神。他日归国庶可以贡献于国人也。演说之后，众人举杯欢呼，直至摄影留念后方才散会。毛泽东也参加了这个欢送会。

此后，除了五四运动之后有两个月的空白之外，几乎每月都有勤工俭学生离开上海前往法国。五四运动给赴法勤工俭学生带来的直接影响，就是他们拒绝乘坐日本的邮船，而改为乘坐法国邮船前往目的地。五四运动的思想影响则在于，在探索救国思想的道路上它把青年们向前推进了一大步，使赴法勤工俭学挽救民族危亡的意

1919年3月15日，寰球中国学生会在上海静安寺路51号欢送第一批留法勤工俭学生。最后排右一为专程由京抵沪欢送的毛泽东

义更加突出。

1919年7月13日，随着新的一批京津留法俭学生离开上海赴法，暂时中止了两个多月的赴法勤工俭学运动重新开展起来。大批学生因为在五四运动之前已预订了船只，迫不得已仍搭乘日本邮船前往法国，但四川留法勤工俭学会的学生坚决不肯乘坐日本船只。他们借住在南津公学等处，等待别的船只赴法。一个月后的8月14日，通过法国驻上海总领事的斡旋和与法国轮船公司的交涉，他们乘坐法国的湄南号赴法。这一批坚决不坐日本船只的四川学生中，就有时年18岁的陈毅和其哥哥陈孟熙、其好友杨持正等。自他们开始，旅法的学生不再乘坐日本邮船，以表达他们的爱国之情。

1919年9月29日，徐特立、李立三等人乘坐法国邮轮博尔多斯号赴法。徐特立参加过辛亥革命，是毛泽东和蔡和森等人在湖南省立第一师范学校时的老师，他在“英文只能拼音，法文一字不识”的情况下毅然赴法。许多人都劝他不要去国外受苦。徐特立却说：“我不怕人家笑，定要说出我的意思……到了60岁，我还同43岁时一样无学问，岂不冤枉过了日子……何不就从今日学起呢？”

李立三时年20岁，是毛泽东以“二十八画生”署名征得的“三个半朋友”之一，由于他见到征友告示去找毛泽东时没敢说一句话，所以成为毛泽东的“半个朋友”。1919年4月，得知赴法勤工俭学的信息后，他不顾家人的反对进京参加勤工俭学预备班学习，并在几个月后登船出国。他离开长沙时，毛泽东和何叔衡、熊楚雄等人为他送别。

1919年10月16日，贵州教育界颇有名望的黄齐生与外侄王若飞等人乘坐美国邮轮渥隆号赴法，他们于11月25日抵达马赛。黄齐生是贵州著名的爱国民主人士，参加过辛亥革命和护国运动，先后率学生赴日、赴法留学。王若飞号继仁，原名荫生，因为喜欢《木兰辞》

中“万里赴戎机，关山度若飞”的豪情，就给自己更名为若飞。1918年3月，王若飞随黄齐生东渡日本，进入明治大学求学。在日本的一年多时间，王若飞阅读了俄国十月革命的资料，初步学习了马克思主义。在五四运动的浪潮中，王若飞等毅然退学，在黄齐生带领下返回祖国。当时正值上海组织赴法勤工俭学，黄齐生立即与组织者联系，并多方筹措经费，带领王若飞等人搭上了赴欧洲留学的邮轮。

1919年10月31日，新民学会会员李维汉、李富春、张昆弟等人乘坐法国邮轮宝勒加号从上海出发，他们在海上航行了近40天，于12月7日到达马赛。张昆弟与蔡和森、毛泽东曾被誉为“岳麓三杰”。1918年8月，李维汉、张昆弟、贺培真等一起进京，三人一同到保定留法预备学校学习，同住一屋。冬天天寒地冻的时候没有钱买煤取暖，就把一床被子垫在炕上，上面盖着两床被子，三个人挤在一起用两床被子度过了一个冬天。赴法之时，李维汉23岁、李富春19岁、张昆弟25岁。为了筹措经费，李维汉变卖了家产。到法国后，李富春还从法国邮回记有赴法时宝勒加号邮船上经历的明信片。赴法勤工俭学运动的组织者之一吴玉章的儿子吴震寰也同船赴法。

1919年12月9日，聂荣臻等从上海杨树浦码头乘坐法国邮轮斯芬克斯号前往法国。他们这批学生，除少数河南、江西、北京、上海等地的学生外，绝大多数是四川、湖南两省的学生，还有几名湖南女学生，在人群中特别引人注目。

五四运动在中国妇女解放运动史上是一个重大事件，也有许多女生参与示威游行。她们以“巾帼不让须眉”的气概表达了爱国之情，以积极的行动开展工读活动。

1919年，湖南的向警予、蔡畅等人在长沙的周南女子中学组织了湖南女子留法勤工俭学会，矢志实现“男女教育必须平等”，提出要和男学生一样留学。她们都是新民学会会员，其中蔡畅还是蔡和森的妹妹。她们的留学想法得到了蔡和森、毛泽东等人的支持。她们不仅向周南女子中学，还向稻田、涵德、崇贤、淑旦女子学校的学生发出了参加赴法勤工俭学的号召。

1919 年 12 月 25 日，蔡和森、蔡畅、向警予等乘坐法国邮轮盎特莱蓬号从上海启航。和他们同行的还有蔡和森和蔡畅的母亲葛健豪。葛健豪时年 54 岁，是年纪最大的留法学生，被当时的舆论界称为“20 世纪惊人的妇人”。行前，葛健豪对送行者说：“一个人活在世界上，就要活得有意义，我们现在去留学，将来回国就可以干一番救国救民的大事。”

与蔡和森等人同船的，还有陈独秀的两个儿子陈延年和陈乔年。蔡和森等赴法之前的 12 月中旬，毛泽东曾从武汉绕道上海为他们送行。同月，杨昌济在北京病重，在病中给滞留上海的章士钊写信，向他推荐毛泽东、蔡和森。信中称：“吾郑重语君，二子海内人才，前程远大，君不言救国则已，救国必先重二子。”

1920 年 5 月 9 日，赵世炎、新民学会会员萧三乘坐法国邮轮阿尔芒勃西号启程赴法。赵世炎时年 19 岁，于 1919 年经李大钊介绍加入中国少年学会，在五四运动期间被北京高等师范学校附属中学学生推选为学生会干事长。他积极组织和领导附中的同学走出校门，同各大学、中学的师生一起参加运动，表现出很强的组织能力。赵世炎在北京高等法文专修馆学习时被选为学生会负责人，还主编过《平民周刊》《少年》《工读》等刊物。萧三时年 24 岁，是毛泽东的同窗好友，两人在湘乡县立东山高等小学堂时即已相识。萧三于 1918 年 8 月到保定留法预备学校学习。

1920 年 9 月 10 日上午，邓小平等 80 多名重庆学生和湖南学生曾镇岳，江苏女生张近瑄等在黄浦码头登上了法国邮轮盎特莱蓬号，他们在秋雨中与祖国惜别。另外还有北京政府派去的驻欧留学生监督高鲁，他准备从法国转赴英国。时年 16 岁的邓小平是这批学生中年纪最小的，他属于自费生，此时家境日渐困难，为了凑齐旅费，家里还卖掉了一些谷子和地。8 月份，邓小平回家向家人辞行。临走时，母亲担心儿子在外受苦，又东挪西借凑了一笔钱给他。没有想到的是，这次离家是邓小平与母亲的生离死别。

1920 年 11 月 7 日，周恩来在上海搭乘博尔多斯号邮轮前往法国。周恩来等人于 1919 年 9 月组建了觉悟社，随即因组织反帝爱国运动，被反动当局逮捕，羁押长达半年，赴法时出狱尚不满 4 个月。还在狱中时，周恩来就产生了远涉重洋赴欧求学的想法。1920 年 6 月初，准备赴法的李愚如在行前曾去监狱看望周恩来，周恩来听后十分兴奋，在狱中写了一首诗送给她。周恩来出狱后没有等待，很快办好了赴法手续，渡海赴法。

1920 年 12 月 15 日，新民学会会员何长工、罗承鼎等人乘坐法国邮轮智利号启程，他们成为最后一批赴法勤工俭学的学生。

何长工时年 20 岁，他曾在高等法文专修馆长辛店工业科就读，并参加了五四运动，目睹了长辛店工人对运动的贡献。罗承鼎时年 32 岁，他得知赴法勤工俭学的消息后，通过向蔡元培等人申请、求助，得到进入北京大学法文夜班学习法语的机会。又经过近 3 年的奔走，终于筹齐了出国路费。

1920 年 12 月，华法教育会宣布，本会自 12 月起停止办公 6 个月，入会一切事务概行拒绝。自此之后，赴法勤工俭学热潮便迅速回落。翌年 1 月，北京政府教育部及各省教育厅纷纷转发巴黎华法教育会关于暂停输送赴法学生的信函，赴法勤工俭学的高潮已成往事。

04

不远万里的艰辛

留法勤工俭学是一段漫长的旅程，一批又一批中国学生渡过中国东海和南海，穿越马六甲海峡，横渡印度洋，经停斯里兰卡的科伦坡后驶往吉布提，再过曼德海峡沿红海北上，经过苏伊士运河进入地中海，最后抵达地中海沿岸的法国马赛，全程约一万五千公里。

大多数勤工俭学生出身一般家庭，经济拮据。法国海军部虽然让法国轮船公司将500张船票减价出售，以吸引中国青年西渡赴法，但绝大部分中国青年只能承担最低档的船票。条件的艰苦无疑使万里旅途更加艰辛。

以曾3次集中运送留法俭学生赴法的盎特莱蓬号为例。这是一艘法国往来于欧、亚、美三洲的万吨级巨型邮轮。学生们乘坐的四等舱，实际上是半明半暗的最底层的货舱，里面还堆放着各种货物，这是专门为勤工俭学生临时设置的。近百号人在里面拥挤不堪，而且舱内空气污浊、闷热，臭虫、蚊子很多。尤其是过印度洋和红海的大约两周旅途，由于地处热带，船底的四等舱热如蒸笼，一有风浪人就会呕吐不止。不少人不得已租用躺椅到甲板上睡觉。

陈毅乘坐的湄南号是一艘设备差、航速慢的货船，行程比其他邮轮要多 10 天。由于恶劣的船舱环境和饮食，再加上酷暑、晕船，陈毅在途中得了脚气病，进而半身浮肿。船到马赛后，他住进了当地的华工医院，两个月后才病愈出院。还有学生死于赴法途中。1919 年 10 月 31 日乘坐宝勒加号赴法的学生中，“福建学生庄某原有腐肠病，欲勉强去法，不意登船后，风波震荡，旧病剧发，至西贡气已不属；送安南医院诊治无效，竟于是日上午病去……葬于西贡之野”。

在汪洋大海之中，有时风平浪静，可饱览海上风光；有时则狂风巨浪，使人头晕目眩，呕吐不止。聂荣臻乘坐的斯芬克斯号在地中海遇到了大风暴，两天两夜里，邮轮在巨浪中摇来摇去，一会儿被抛上浪尖，一会儿又跌入浪谷，海水呼啸着从甲板上掠过，学生们只能蹲在船舱里，每个人都背上了救生圈。当听到水手说，战争期间在地中海布下的水雷还未得到彻底清除后，学生们的精神压力更大。

在这万里旅途之中，这群充满青春朝气的学生体会到世界之大、之美，视野得到前所未有的开拓；与此同时，也领略了世界之浮华与困苦杂陈。亚洲、非洲许多国家和地区当时都是英法的殖民地，国土遭到瓜分掠夺、人民遭受奴役剥削的悲惨景象，给他们留下了深刻的印象。周恩来在途中曾经和李福景等人说，一出国门，就觉得中华民族处处受人歧视欺辱，国际地位很低，深感愤慨。

轮船停泊的第一站就是香港，此时的香港已经割让给英国近 80 年，成了一个繁华的自由贸易港。留学生在这里除了感受都市的热闹景象外，家国情怀也油然而生。四川籍学生冯学宗对香港的第一印象是：“此地背山面海，树木阴翳，商旅云集，街市宽阔，屋宇齐整。此地贸易的人，虽是中国人，但那种种的管辖权，是完全属于英国的了。英人自得此地之后，订立许多束缚华人的条例，近已成为一个沿海最繁华最紧要的商埠了。”

船到越南西贡，学生们见到成群结队的大象在运送木料，椰子树下有用树叶葺盖的小屋，以及靠水牛每年种植三季稻的农民和身裹黑绸的妇女，这形成迥异于北方的南国景致。

轮船在曼谷、新加坡都会靠岸。当地有许多华侨，他们对祖国的怀念和期望，集中地流露在对来自中国的青年学生的热情招待上。船到港口，华侨像欢迎亲人一样迎接中国青年学生，还陪同他们游览动物园、植物园、橡胶园等，并在家里热情款待他们。在新加坡，曾帮助过孙中山进行革命活动的林义顺，用 20 辆汽车接学生们去吃饭。受到学生们爱国热忱的影响，当地有些华侨也参加了赴法勤工俭学。

在非洲的吉布提，学生们看到了寸草不生的赤土山、弯腰才能进去的低矮的砌着白墙的房屋、肤色漆黑的人。继续北行，他们在埃及见到了 50 年前开通的由英国人控制的苏伊士运河。途经意大利时，有人还见到了正在喷发的维苏威火山，“火焰映照着汹涌起伏的波浪，就像一面红旗飘扬在海里一样”。

旅途的见闻和感受，为学生们所记述，并寄给国内的亲友，成为国内人们了解世界的难得读物。《国民》《新潮》《少年中国》等杂志竞相刊登他们寄来

智利号

留法勤工俭学生乘坐过的部分轮船

高尔地埃号

湄南号

博尔多斯号

盎特莱蓬号

的航行日记，开阔了国内青年的眼界。而有关亚非众多殖民地情况的介绍和中国国际地位的感慨，也震撼着国内的有识之士，为反对帝国主义运动的兴起打下了舆论和思想基础。

为了顺利度过旅途，并做好留法生活的准备，青年学生还在船上组织了自治团、同舟共济会、自治会等团体。在这些组织的领导下，学生们轮流打扫卫生和做一些勤杂事务，并负责检查纪律。何长工等人就曾负责对外联络，负责到船长那里交涉，获得了练习法语的机会。

尽管旅途艰辛，有志青年却不忘学习。和邓小平等同船前往法国的有两名华法教育会的职员，其中一个名叫李汉光，他是李石曾等在法国办的豆腐工厂的办事员，经常往来于中国与法国，对沿途的情况很熟悉。李汉光在船上给学生们讲授法文，介绍法国社会情况、风俗习惯和礼节等。周恩来乘坐的轮船震荡得很厉害，同行者很多在船舱里静卧，他却总在船头甲板上坐着，手不释卷。他赴法的目的很明确："唯在求实学以谋自立，虔心考查以求了解彼邦社会真相暨解决诸道，而思所以应用之于吾民族间者。"

05

从马赛到巴黎

马赛是一座光荣的城市，这里见证了法国大革命的峥嵘岁月，在此地传唱的《马赛曲》后来成为法国的国歌。马赛还是19世纪法国作家大仲马的经典名篇《基督山伯爵》故事的发生地，结合了激情与梦想、传奇与现实的文化元素。

从马赛进入法国学习西方文明成果，大概是冥冥之中的一种安排。一如马赛的抗争精神最终拯救了法国大革命时期共和主义的命运那般，历史将拯救灾难深重的中华民族的艰巨使命交给了这群稚气未脱的青年，让他们从马赛踏足法兰西的土地，去承担起他们的历史责任，去迎接属于他们的精彩未来。

巴黎华法教育会按照到法勤工俭学的人数，派了1—4名工作人员，帮助这些初次来法的中国学生。工作人员通常用半天左右的时间带领学生们游览马赛市容，然后乘夜间车前往巴黎，当时从马赛到巴黎的车程大约是18个小时。1920年10月19日，邓小平抵达法国马赛。华法教育会派人从巴黎前来迎接，学生乘汽车前往巴黎。次日《小马赛人报》报道："一百名中国青年人到达马赛的安

20 世纪初的马赛港

GRANDE MAISON DE

德列勒蓬桥上。他们的年龄在十五到二十五岁之间，穿着西式和美式服装，戴着宽边帽，穿着尖皮鞋，显得彬彬有礼，温文尔雅。”“从此，这些有知识的人，无论在法国还是在中国就变得更加紧密了。”

勤工俭学生到巴黎后，华法教育会一般把他们安置在巴黎华法教育会附近暂时落脚。1919 年 8 月，留法华人集资 5 万法郎，买下了位于巴黎西郊的哥伦布市德拉普安特街 39 号的一所房屋，建立了华侨活动中心，将其命名为华侨协社。8 月 31 日，华侨协社举行了开馆仪式，巴黎和会中国代表团团长陆征祥和驻法公使胡惟德的代表、巴黎总领事廖世功等人出席仪式。

华侨协社是一座三层楼的普通法式建筑，设有讲演室、图书室、商品陈列室等。留法华人组织的团体相继移到这里，华法教育会要了这座建筑的一角作为办公室。嗣后留法俭学生到来，往往被暂时安置在华侨协社过渡。学生在这里暂时落脚休息，等候介绍工作或择校入学。随着留法勤工俭学生大批到来后，房屋不够，住宿紧张。法国参议员于格儒的夫人得知这一情况后，捐献美国军用活动房屋一年，安置在华侨协社后院，可供数十人住宿。活动房屋内所需火炉、桌椅、杯盘、刀叉，也由于格儒夫人一并配备。

几乎所有的学生抵达巴黎后，都用十余天的时间游览巴黎市容，感受此地的美丽和繁华。埃菲尔铁塔的巍峨雄壮、塞纳河的旖旎风光，宏大的城市框架和现代化的各式建筑，巴黎这个欧洲文明的中心，给勤工俭学生留下了深刻印象。

华法教育会为组织安排勤工俭学生在法国工作、学习事宜做了一些准备工作。1919 年 5 月，第一批勤工俭学生到达法国时，几个月前从国内抵法的萧子升等已常驻巴黎华法教育会总部，负责统筹工作。后来，鉴于每月均有近百名学生赴法，华法教育会特设了一个学生事务部，其职责是帮助勤工俭学生寻找合适的学校学习，或是寻找合适的职业做工，以及负责发放各省补助金、借贷和追回华法教育会单独发放的奖学金等各种繁杂事务。华法教育会委任专人处理日常工作，先是由四川籍的刘厚担任主任，后来又增加了四川籍的向迪璜。工作繁忙之时，华法教育会便把在法国学习的吴琢之、彭襄、樊泽培等人动员起来支援。

勤工俭学生在巴黎短暂停留后，巴黎华法教育会将他们分别安排到各地的学校就读，或者是去工厂做工。他们就此离开巴黎，分散到法国各地。

06

蒙达尔纪再相会

蒙达尔纪又一次迎来中国留法勤工俭学生，它张开双臂热情欢迎他们的到来。

蒙达尔纪是法国卢瓦雷省的一座城市，距巴黎约 100 公里，乘火车一个多小时可到达。几百名学生从巴黎乘坐火车到达蒙达尔纪火车站，开始与这座小城的相会。

蒙达尔纪男子公学校长沙博教授是巴黎华法教育会成员之一，蒙达尔纪女子公学校长迪蒙夫人是法国著名的农学家、生态学家。他们思想开明，给中国勤工俭学生以很大的帮助。当他们了解到这次来法留学生大多为贫寒学子，学历普遍比较低，需要以工养读，且不能按法国正规教育那样按学期或学年组织学习时，立刻施以援手，决定在男女公学都开设法文补习班，并特设 3 个月学期制，收取的学费也相当低廉。

在蒙达尔纪男女公学的影响下，与华法教育会关系比较密切的枫丹白露公学、木兰中学等多所学校都对勤工俭学生采取了照顾政策，有的学校还设置了中国学生速成科，只是收费有所不同，普遍比蒙达尔纪稍高一些。

蒙达尔纪是一个事实上的经济洼地，特别适合经济能力有限的勤工俭学生。学生们所需的费用，包括学费、伙食费、住宿费等，每月仅130法郎。1920年2月进入蒙达尔纪男子公学学习的蔡和森在一封家信中写道："我们的学膳费极其便宜，三个月内预备每人只费四百佛郎，现在中国的一块袁头洋，在巴黎中法实业银行可兑得二十个佛郎，故我们在学校内每人每月只费得六块多钱（洗衣等费都在内）。"

1919年5月首批抵法的勤工俭学生中，就有51人被安排进入蒙达尔纪男子公学学习。随着新到学生的不断入校以及部分做工同学的出校，在校学习的勤工俭学生变动较大，但在该校的中国勤工俭学生人数却长期保持领先地位。湖南籍的学子，由于缺乏官方的支持，所带的钱有限，基本上都被安排在蒙达尔纪学习。

1920年8月以前，在蒙达尔纪男子公学学习的勤工俭学生有130余人，而后增至300余人，其中以湖南籍学生居多，蔡和森、李维汉、李富春、张昆弟、颜昌颐、罗学瓒、萧三等均曾在此校学习。蒙达尔纪女子公学是勤工俭学女生人数最多的学校，有向警予、蔡畅、葛健豪、熊季光、熊淑彬、李志新等湖南籍女生以及四川的吴若膺，广东的梁天咏、邹紫溟等。

初到法国的学生难免经历生活习惯的改变过程。首先是饮食。法国人以面包为主食，面包式样繁多、价格各异，最便宜、最实惠的算是黑面包，表皮黑乎乎、硬邦邦的，让习惯了中餐的学生们难以下咽。进入学校之后，许多学生仍然不能适应法国饮食。

一如许多法国家庭一样，蒙达尔纪公学为学生们准备的饮食，是每人一个厚皮面包，外加葡萄酒和冷水。学生们喝不惯葡萄酒，在冬天也不愿意喝冷水，厚皮面包又难以下咽，学生都反映午餐和晚餐吃不饱。餐桌上的一大半面包仍然放着不动，不过拿起来看，面包的软心已经被吃掉，仅剩下外面的硬皮。校方反复向中国学生解释，说红酒有助于补血，要学会去冲冷水喝；面包的硬皮比里面的软心更富营养，因为麦精都在皮上，也要吃。但是新来的学生不为所动，仍旧说饿。后来，校长夫人想出办法，每餐

1860 年通车的蒙达尔纪火车站。中国勤工俭学生包括邓小平、蔡和森等人在此站下车，来到蒙达尔纪勤工俭学

烧水一桶，将前一顿剩下的面包厚皮，切成碎片，煮在汤内，每人可食两盆汤，于是皆大欢喜。

适应气候也是一个挑战。法国的天气一般比中国寒冷，来自中国南方的学生还要培养适应寒冷天气的能力。战后法国煤炭价格上涨，蒙达尔纪公学既无暖气设备，壁炉也不生火，天寒地冻时，南方的勤工俭学生便有度日如年之感。为了取暖，大家把中国家乡带来的棉袍、棉短袄都拿出来御寒，花料绸缎，一时纷呈，引起了法国学生的好奇，前来围观。后来学校规定，可以在寝室里穿上中式服装，中国学生便在教室里裹起一件大外套，这样既可以保暖，又能避免法国同学的围观。

年轻的中国学生们，在适应中开始了他们向往的勤工俭学。虽然一路上等待他们的困难和挑战还有很多，他们对未来可能发生的变化还没有做好准备，但是磨砺已经开始，成长也不会止步。

BUS
Pyramides

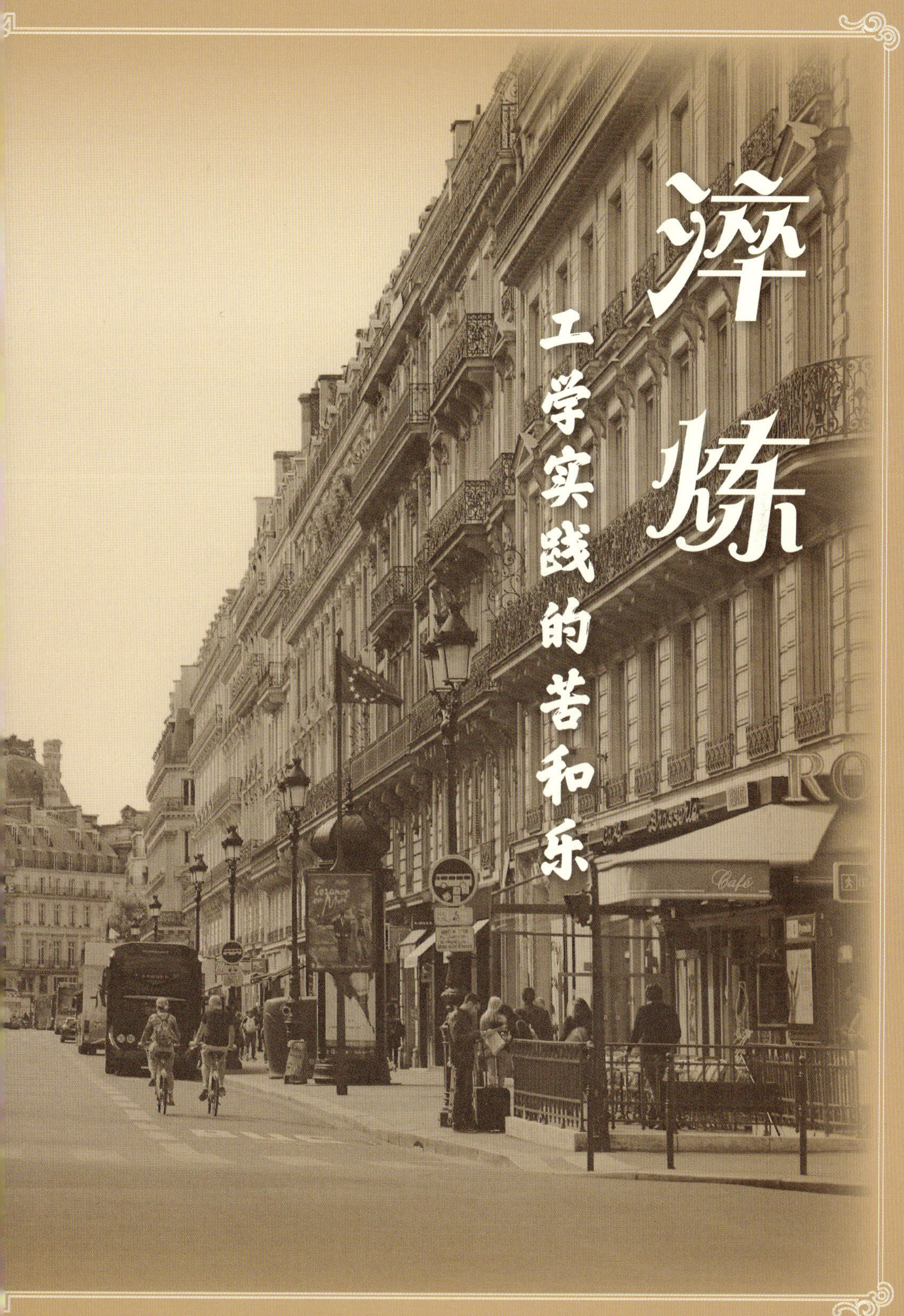

淬炼

工学实践的苦和乐

01

勤工俭学的起步

勤工俭学生大批来到法国之后，一战已经结束，法国进入战后恢复重建期。由于战争的破坏程度空前，曾经是主战场的法国东北部受损尤为严重，战后重建任务很艰巨。在战争中遭受重创的法国经济，开始缓慢恢复。勤工俭学生就是在这样的背景下开始他们的追求。

华法教育会在帮助大批学生勤工俭学方面发挥了举足轻重的作用，承担了一批又一批中国学生到达法国后的住宿接待工作和入厂入学安排工作，事务极其繁重。在这个过程中，华法教育会与勤工俭学生在组织上、经济上形成了难以分割的关系。勤工俭学生已经成为华法教育会或勤工俭学会、留法俭学会的成员，并按规定交纳了一定数量的会费；抵法后尚有余资的勤工俭学生一般均将款项交入华法教育会存储，所需学习、膳食等费用亦由该会代付，一文不名时也可以从该会借贷周转。

华法教育会学生事务部除了帮助勤工俭学生寻找学校和工作外，还成立了救济互助会，这是一个社会福利性质的组织。鉴于在法国从事繁重体力劳动的先工后读的学生，陆续有人得病和受伤，而依靠学生自己承担医疗费又是不现实的，成立一个救助组织就成为必要。救济互助会也确实发挥了一定作用，在其成立后的一年间，曾出钱为 25 个重病者医治，其中 11 人治愈，6 人死亡。如果没有该会的援助，可能有更多的人陷入贫病交加的不利境况。

此外，华法教育会为那些不熟悉法语和没有工业实习经验便来法国的学生，每周在华侨协社举办两次讲习会。由于参战的中国劳工捐赠了价值一千多元的五金工具，所以学生们还能得到实习的机会。华法教育会还举办讲演会、旅行游览等活动，都很受学生们的欢迎。

尽管华法教育会为学生们提供了很多帮助，但它毕竟是一个机构不甚健全的组织，工作人员难免沾染官僚习气。特别是学生事务部一手包办了补助金的管理和奖学金的发放等，其职员便不把勤工俭学生放在眼里，态度武断，因而时常与勤工俭学生就某些问题产生纠纷。例如，1919 年 12 月抵达法国的学生在兑换法郎时，当时的汇率为一银元兑换八法郎五十生丁，学生事务部的职员以手续费为名向每名学生索取五十生丁，引起学生们的强烈不满。但总体而言，在到法国的初期，学生与华法教育会的关系还是比较融洽的。

勤工俭学大致可以分为三种情况：第一种是“半工半读”，即白天学习，晚上做工；第二种是“先工后读”，即先工作三至六个月，积攒一定数量的钱后再专心读书；第三种是“先读后工”，先用带来的钱读书，用完后再做工。实际情况则更加复杂，也有一开始就去当工人，一心在工厂学习技术的情况。工读学生也并非每天同时进行学习和劳动，也有利用春季或夏季休息的时间集中做工的。

具体采取哪种形式，往往取决于学生所带钱的多少。能够享受到所在省份提供补助金的学生，大都选择了第三种方式。一般来说，1919 年到 1920 年上半年来法的学生，准备的钱相对充足，因此“先读后工”者居多。到了 1920 年下半年，“先工后读”“半工半读”的人成为多数。

02

入校求学

勤工俭学生到法国后，不管是先做工还是先求学，也不管做工时间的长短，都把进入法国学校学习作为此行的目的。但凡不是在经济上窘迫的，绝大部分勤工俭学生都选择先学习后工作。由于大多数学生的文化程度仅为国内中学毕业，将他们送入法国中学或公学学习，先提高法语水平，兼顾学习其他科目，并在学习中了解掌握法国的文化习俗、风土人情等，是十分自然的事。

勤工俭学的方式决定了中国学生在法国中学或公学学习流动性较大的特点，这与法国的学制安排有冲突。法国学制规定，中学和实业学校，要修业3—5年，每日要上课6小时，自修实习两个半小时；收费以学期或学年为准，不以月计。这使那些打算学习月余便做工的学生面临入学不便和多交学费的问题。

经过华法教育会的协调，蒙达尔纪男女公学率先实行了3个月的学制，并带动一批学校同意不以学年或学期计费。这样的安排适应了留法勤工俭学生所带款项不多、进行速成式语言培训的需求，但也造成中国勤工俭学生相对集中于蒙达尔纪、木兰、默伦、德勒、

1920 年春假，在蒙达尔纪学习的勤工俭学生合影。前排左起一为蔡和森，二为向警予，四为葛健豪，十为蔡畅

枫丹白露、圣日耳曼等中学或公学的现象。蒙达尔纪往往是学生分配的首选地。聂荣臻赴法后本来是要分配到蒙达尔纪男子公学，因为当时这所学校招收中国学生太多了，就把他和别的一批学生转到德勒公学学习。

木兰中学很有特色，这个学校有一个附设的试验工场，工场里有几部机器，学生在校学习期间，可以轮流到试验工场学习并实际操作有关车工、钳工等方面的机器，为日后做工打下一定基础。

据1920年9月的调查统计，勤工俭学生就读的法国中学有25所，另有在补习法文方面与中学性质相同的小学 2 所。此外，还有少数勤工俭学生就读于中等专业学校等职业学校。

学生们在法国中学或公学学习，主要是补习法语。这一段学习只是过渡，预备日后进入工厂做工或报考法国中等专业学校和大专院校。多数学生抵法时稍有余款，勉强可以支撑 3 个月。对少数身无分文的学生，华法教育会则予以贷款，由该会代为垫缴学膳费用，并每月发给 10 法郎。周恩来与其他留法勤工俭学生有所不同，南开大学的创办者之一严修在经济上给他提供资助，此外，他还与天津《益世报》商定，当该报的旅欧通讯员，经常为他们撰写通讯，以所得的稿费补贴旅欧的生活费用。

语言是学生们在法国立足要过的第一关。凡中国学生较多的学校，都专门为中国学生开设了法文补习班补习法文。其他科目，如生活和活动，都和法国学生一起进行。由于经济条件的限制，多数学生在课堂上补习法文的时间是有限的。1920 年 1 月到 6 月，聂荣臻在德勒公学读了近半年书，他觉得生活在法国人群里，如果不懂法语，简直寸步难行，所以学起法语来很快。在学习法语之外，他也学习数理化等自然科学知识，但因为语言障碍，学起来很吃力。周恩来先是在巴黎郊区的阿利昂法语学校补习法文，不久，同天津的 4 名勤工俭学生一起，转到法国中部的布卢瓦镇继续学习法文。除了学习以外，他还进行社会考察，常通宵达旦地给《益世报》撰写通讯，有时还翻译一些稿子。

学生们就读的几类学校，均实行全日制，课程设置、作息时间、学校管理、考试升级等较正规，对学生的管理也很严格。在旺多姆中学学习的盛成观察道：“校长与监学，视中国学生与法国学生无异同。管理至严，不能自由出入。”“法国学生，确少自治能力。”“法国中学，没有监学，学生要造反了。”

邓小平的经历也能说明这一点。1920年10月21日，邓小平等24名学生来到距巴黎200多公里的小城巴耶，进入巴耶中学学习。校长把他们安排在商务系学习，并为他们单独开班。巴耶中学的管理十分严格，对学生的饮食起居都有严格规定。每天早6时起床，6时半开始自习，上午8时至11时、下午2时至4时为上课时间，其余为休息时间。晚8时就寝，9时熄灯。饮食每日三餐，早餐面包数片、咖啡或开水一杯；12时午餐，牛肉一块或素菜一碟，面包数片，葡萄酒或开水一大杯；下午6时晚餐，与午餐略同，不过以汤代替牛肉。邓小平在这里学习了5个月，说学校像管理小孩子一样对待他们。

邓小平就读过的巴耶中学

学校对中国学生的教学内容安排得是很丰富的。何长工在紧靠诺曼底的城市圣雪尔旺就读，学校校长是法国共产党员，对他们很照顾，学校专门成立了一个中国班，安排了较慢的课程进度。学校还选最优秀的学生帮助他们，选最好的、最有经验的教员教他们。教员批改中国学生的作业也特别细致。不过，中国班学生住的地方，还是跟法国同学混合编在一起。学校对中国学生采取集体教育和个别辅导相结合的办法。教员不仅教学生功课，还固定和几个同学谈话。帮助中国学生的法国同学，同样也照顾中国学生的日常活动。

何长工回忆说："学校很注意实物教育与形象教育。我们是学机械的，处处不离机械，我们经常作防护演习。有时忽然来个紧急集合，看你动作灵不灵活。学校一般课外活动比课内活动多，大约三分之一课内活动，三分之二课外活动，经常用参观、旅行等办法。""学校玩艺很多。春夏之交，有运动会；秋冬之交，也有运动会，一年两次。还有恳亲会、校庆会、游艺会、同乐会、联谊会等等。有时还为中国同学办讲演会。""此外，一般社会活动，也都叫我们去参加。甚至法院审什么案件，也叫去听；这能增加社会知识。至于参观、访问，有票也是先发给中国学生。"

03

觅工和做工

与送勤工俭学生入学相比，华法教育会在安排学生做工方面遇到的困难更大。一开始，为了安排更多的勤工俭学生进入工厂，李石曾等人主要通过信函方式与法国工商业界广泛联系，以落实可入工厂的名额。此外，他还通过个人介绍的方式帮助学生落实工作岗位。这在勤工俭学生人数不多的情况下，可以基本满足学生们做工的需要。

但从 1921 年 3 月之后，法国学校放假，有更多的勤工俭学生希望在假期做工，不少出校学生也期待华法教育会帮助安排入厂。面对为上千名学生安排入厂的繁重事务，华法教育会改变了过去主要靠信函找工作的方式，选择直接派人四处联系，以落实工位。由于等待做工的学生众多，再加上个人体能、技术等条件的限制，华法教育会很难满足全部候工学生的需求。客观而言，华法教育会为了帮助学生寻觅工作岗位，确实做了许多工作。

学生做工的范围非常广泛，可谓行业众多、门类俱全。有造船厂、汽车制造厂、摩托车制造厂、化工厂、电厂、钢铁厂、机械厂、印刷厂、皮鞋厂、人造纤维厂、造纸厂、木材厂、橡胶厂、铁矿公司、药厂、中法实业银行等大中型企业，还有画馆、豆腐公司、照相馆、缝纫厂、电影院等小型企业，涉及采矿、冶炼、机械制造、军工、化工、轻工、金融等行业。还有极少数勤工俭学生为人浆洗，或当仆人，或在花园做工。

学生们最适合做学徒工。这种工作涉及的工厂和工种很多，对法语水平和工艺技能的要求较低，因而受到勤工俭学生的欢迎。但能够接纳学徒工的工厂，一般是大型工矿企业。这些大工厂愿意接受中国学生，还是华法教育会通过魏武达（法国驻上海领事）等法国人士介绍的。在工厂里当学徒，相当于进入留法预备学校，既可以学习各种工艺技能，也可以练习法语，所得的工资在满足衣食开支外还能有节余。如果学生愿意勤奋学习并有毅力，也有成为熟练工人的可能。例如，1920 年 1 月，华法教育会介绍 21 名学生到施耐德工厂做工，他们被安排到学徒部工厂，分学电气、机械、翻砂、铁道相关知识，最开始两月每天仅有 5 法郎的生活费，后来增至 10 法郎。在圣夏蒙钢铁工厂做工的学生有 50 多人，一个湖南籍学生反映，工厂给他们的待遇不错，每天工资有 11 法郎，几乎与做工 10 年的当地工人相同。每天名义上的做工时间为 8 小时，但其中有 2 个小时上课（1 个小时学机械，1 个小时制图）。

学徒工的辛苦程度由所在工厂和工种决定。王若飞的故事能够很好地说明一些工种的辛苦。

1920 年 4 月 14 日，华法教育会接到圣夏蒙钢铁工厂招收 25 名学徒工的通知，马上派王若飞等人前往该厂。16 日，走出圣夏蒙车站的王若飞举目四望，只见黄尘遍地、黑烟四起、天色灰暗、河水污浊，工人们都穿着破烂不堪的衣服。王若飞心里很不是滋味，可是他转念一想，觉得“粗野”的劳动者，才是过正当生活的人，也是人类文明的真正创造者。与他同去的多名勤工俭学生听说铸造是十分艰苦的工作，便想改做钳工，唯独王若飞等6人在“劳工神圣”精神的激励下，接受铸铁的工作。20日早上5点钟，他们就做好了准备。6点半钟，当他们第一次到工厂时，工长把他们6个人分别分配给那些熟练工人当学徒。

铸造作业说起来简单，做起来却并不容易。造型不容易掌握，砂型必须筑得松紧适度，如果太松，把木型取出后，铁水可能会溃散；如果太紧，铁水的气体不能挥发出来，就容易爆裂。不仅如此，把铁水倒入砂型时必须忍受炽热铁水的灼烤。钢铁工厂的环境尤为恶劣，让王若飞印象深刻：“四月二十九日……连日天气甚热，厂中尤为干燥，遍地都是泥砂，大风过处，砂即腾起，着于面上，为汗水所粘凝，偶一拂拭，其状越怪丑可笑，鼻为灰砂窒塞，呼吸因之迫促，时时仰面嘘气以自苏。”

如果没有机会做学徒工，就只能做粗工，这是不用技能只用气力的工作。这类工作大多是法国工人不愿意干的体力活或很脏的活，如砍树、埋尸、挑土、搬运石头、推车、烧水、背木头、背铁板等。有的学生在法国北部从事战场清扫工作，他们或者负责掩埋尸体，或者平整土地，或者搬运废弃枪械，终日在旷野之中奔波。遇到寒流来袭，往往手足皆裂，极为辛苦。有的不良工厂以招学徒工的名义把学生招过去，却让他们从事粗工，劳动繁重，工资却只有普通法国工人的一半。

在拉罗谢尔化工厂干粗工的，当时就被学生们称为“苦工先锋队”。拉罗谢尔地处濒临比斯开湾的法国西部的工业区，造船、化学等工业均很发达。1920 年，徐特立参观这个工厂时，已有 53 个勤工俭学生在这里做苦工。他们最长的干了 7 个月，最短的干了 4 个月。在这里工资最高的一天可达 21 法郎，少的有 10 法郎，工作都是没有技术含量的粗工。这些学生中，制作硫酸盐 6 人，8 小时工作，工薪 14 法郎；制作磷酸盐 6 人，8 小时工作，工薪 11 法郎；司炉工 2 人，12 小时工作，工薪 21 法郎；管理盐酸 2 人，12 小时工作，工薪 18 法郎；其余的 30 多人都是厂内的搬运杂工，8 小时工作，工薪 10 法郎。这些工作，又脏又累，化工厂各种刺鼻的化学物质气味对身体也有伤害。

勤工俭学生盛成最初在旺多姆中学学习，钱花光后他离开了巴黎。由于没有技术，就在一家木工厂做粗工，这是卖力气的苦活。他说：“搬木头，扛木头，顶木头。不要手艺，倒要一副硬肩背，倒少不了一块大好的头颅。第一天，做了六点钟，回来倒在床上，饭也不想去吃，连大小便都懒得起来去解。一刻闲都是好的……第二天，清晨五点半，那无情的闹钟嗡嗡不住的来叫。好似说：‘起来，穿衣服，去上工厂！’我却来去的思索，看去好还是不去好？”经过思想斗争，他还是起床了。“冷水、面包、可可糖，接连咽了几咽。北风儿，你吹我吧！我不抖，也不颤。穿上工衣，好冷！工头来了：快快做！经理来了：快快做！厂主来了：快快做！”

还有一类叫做散工。这种工作没有固定工作位置和工种，上工时由工头任意调派，各种活都要干。散工不仅学不到任何技术，而且劳动强度很大，工资还低。散工的地位很低，常遭工头的辱骂，动作稍慢，就会遭到工头的训斥。散工的法文发音为“马篓五”，学生们就戏称“马老五”。

邓小平离开巴耶中学后，经华法教育会介绍，于1921年4月初，在法国的施耐德钢铁厂觅得一份工作，他是作为散工被招进厂的，签订了两年合同。工作内容是拖运热轧的钢条，劳动强度很大，又非常危险。在四十摄氏度以上的高温车间必须身着厚厚的工作服，脚上要穿一种特制的木鞋。木鞋与地板硬碰硬，一不小心就会摔跤。如果摔倒在钢条上，全身就会被烫伤。有时轧钢机发生故障，被轧的钢条向外弹射，很容易造成伤亡事故。和邓小平一起到法国的胡伦也在这个工厂干这项工作，他岁数和个头都比邓小平大。他后来回忆说：“每天随机器运转，分秒不停，又热又累，还要眼明手快，稍有疏忽，就被烙伤。”邓小平做了20多天后，实在受不了这种超强度的劳动，于是就离开了。

勤工俭学生特别希望从事的是技术工种。在国内已掌握初步工艺技能的学生，抵法之后大多能够胜任技术性工作，如车工、钳工、机械修理、制图、制版、翻砂等。1919年5月抵法的勤工俭学生主要来自保定布里留法工艺学校，他们之中有20多人直接进入工厂做工，从事制图、制版、钳工、机械制造等，每天的工资10至15法郎，有的可以达20法郎。但是，大多数学生赴法前并未掌握专业工艺技能，他们难以直接从事技术工作。1920年3月，华法教育会在列夫列工厂联系到需要技能的工位300多个，但是能派出的有技能的学生只有14人，到工厂之后经过正式考试，4人从事车工，10人为锉工。如果学生个人在工厂能够勤学苦练，也有从学徒工、粗工转为技术工的希望。在施耐德工厂做工的 21 名学徒工，在半年之后都转为正式工人，日平均工资在 15 法郎以上。赵世炎和朋友最初在工厂里做杂工，几个月之后，同伴中的几个人就开始在机器上做工。

一如在学校就读存在流动性一样，做工的学生也在不断变动。学生们攒够了一定数量的法郎，就会离职就读。在经济形势不好的时候，如果工厂裁员，这种人员的流动更为明显。因此，大多数学生都从事过多个工种，经历了多个岗位的磨炼，可谓遍尝人间艰辛。

何长工回忆说："我们什么工都做。架子放下了，面子撕破了，工作服一穿，完全是个劳动者。我们一心想多赚几个钱，寻找机会好读书。轻活、重活、临时杂工，碰上就干。我们半夜起来，到市场打杂，推菜蔬、送牛奶……我们也到火车站、码头去上货、下货，给人搬行李，抱小孩……我们到街上倒垃圾……还到建筑工地当临时工，推砖、搬瓦、扛洋灰、运水合泥；或者打扫工地，清除垃圾。"对年轻的勤工俭学生而言，感知世间冷暖的经历给他们留下了刻骨铭心的记忆。

04

工余的生活和学习

做工不过是谋生的一种手段，是为学习知识和技能服务的。很少有学生把勤工当作目的，他们在工作之余，不忘赴法初心，利用一切手段进行学习。他们克服了工作生活条件异常艰苦、工作疲惫、语言障碍、时间紧张等困难，用顽强奋斗的精神奏响了拼搏的青春赞歌。他们在艰难困苦中的不懈努力，印证了中国古代那句名言："天将降大任于是人也，必先苦其心志，劳其筋骨，饿其体肤，空乏其身，行拂乱其所为，所以动心忍性，曾益其所不能。"

学生们在候工的时候就已领教过勤工的辛苦。在华侨协社候工的同学，因为初出学校，没有储蓄，不能买做饭用具，往往四五人共用一套。第一班用完后，第二班继续用。华侨协社的地窖只有 10 多平方米，做饭的却有 30 人之多，终日炊烟不断，学生置办桌椅又困难，吃饭时只能站着。华侨协社的会客室，不过三四十平方米，常住的学生却有 20 多人。出于对在华侨协社住布棚、地窖，过看人脸色领取维持费生活的厌烦，许多学生宁愿做苦工，也不愿意依靠华法教育会的救济过活。

学生们无论做的是什么工种，工作生活条件一般都很差。他们大多在露天做工，初始做工时因为没钱买雨伞，往往一下雨，就从头到脚没有一处干的。在工厂里工作，还要忍受环境污染对身体的影响。为了生存和长久发展，他们又不得不节衣缩食以进行储蓄。

学生们的住宿条件普遍较差，能够提供住宿的法国工厂本来就不多。王若飞等人做工的圣夏蒙钢铁工厂最初安排他们同阿尔及利亚人、西班牙人等住在一起。住宿的地方仿佛营棚，每间房可容纳一两百人，铺位的安置就像轮船上的统舱一样，污秽不堪，并且空气恶浊，实在不能常住。后来经过交涉，勤工俭学生的宿舍改到了其他地方。把 1 间可以容纳百余人的大房子改为 7 个小间，5 间作寝室，1 间放行李，1 间做公共读书的地方，这才解决了住宿问题。

1920 年初，在拉罗谢尔化工厂做工的中国学生，住在工厂宿舍里，每日房租半法郎，宿舍里的桌椅都没有刨光，并且大小不一，坐在床上都觉得板子太硬。如果工厂不提供住宿，学生们只能自己解决住宿问题。他们往往不厌其烦，再三比较房价，找到收费最低廉的人家。湖南籍学生贺培真为了租得廉价住所，连续跑了 4 天才在菲尔米尼租了 1 间小房子，月租 40 法郎，可以住两人。

饮食的问题也要靠学生们自己想办法。法国的蔬菜种类同中国差不多，夏天也吃茄子、辣椒这些东西。城市的菜大多是从法国南部和西班牙运来的。主食方面，能买到大米，卖面包的杂货店也很多。有的大工厂自办食堂，住宿在工厂的学生最初都在食堂就餐，早餐 0.5 法郎，午餐和晚餐都是 1.5 法郎，与厂外餐馆相比已经便宜不少，但学生们仍然感觉到伙食开支太多，采取了自己做饭的办法。在施耐德工厂做工的学生，为了节省开支，每天轮流安排两三人在厨房做饭，这样可以把每天的伙食费控制在 1.5—2.5 法郎。而住在厂外的学生，为了节省费用，往往几个人住在一起，轮流做饭。

如果住得离工厂远，又需要自己做饭，那么就会十分忙碌。一名勤工俭学生每天的日程表是这样的：“每天六点起床，吃一点早饭，七点乘地道车，七点三刻到工厂，八点上工，十二点下工，吃午饭；下午一点半上工，五点半下工，乘地道车回家已经七点钟；待弄好晚饭吃了，到旁近一个义务学堂上两点钟课，回转来已十一点钟，马上就睡觉。”他每天的午餐，都在头天晚上做好，带到工厂。中午下工后，“就拿着带来的东西，跑到工厂门外塞纳河畔，坐在大石块上冷吃，有时口渴，就到自来水管旁去喝一点水”。在冬季，“那刮面的水风，砭骨的寒气，凄惨朦胧的天色，更令我全身发抖，精神不乐”。

在勤工生活之余，学生们拖着疲惫的身躯，回到住地稍事休息，就开始读书学习。在施耐德工厂做工的罗学瓒每天下午 4 点半收工，到 5 点钟就可以开始读书，每天晚上可以读 4 到 5 个小时。在圣夏蒙钢铁工厂做工的王若飞给自己制定了严格的工读时间表：每天早晨 5 时起床，5 时半到 6 时半读书，6 时半后喝咖啡入厂，7 时至 11 时半做工，11 时半至 12 时半午餐，12 时半至下午 1 时阅读；下午 1 时半至 5 时做工，5 时半至 6 时晚餐，6 时半至 9 时读书，9 时半后睡眠。他感慨地说：“其实认真研究学问，每日读书的时间，并不在多。果能做到心不外驰，读一点钟，可比别人读三点钟或四点钟。一天读五点钟的书，已经是很多很多的了。”

学生们把学习法语和科学知识放在重要位置。在施耐德工厂做工的学生们为了提高法语水平，专门请了一个法国人为法语教员，每天下工后由其教授法语 1 小时，每生每月交纳学费 10 法郎。后来还把学习法语与学习科学知识结合起来，又请了掌握电气、机械知识的法国人和留法多年的中国官费生为教员。1920 年初，徐特立曾到拉罗谢尔化工厂参观，他看到了一幅令人感动的学习景象：学生们利用闲暇时间努力学习，并坚持过简朴的生活以积蓄日后入学的学费。他们在刚刚开始工作的时候，疲劳得几乎无法学习，后来习惯了，每天都要坚持学习 3 个小时。他们每月要拿出 30 法郎来雇法语教师，自己制作黑板和椅子，每天进行会话练习。他们的桌子上有法文书、日文书、中文书，有留学日本的，有中学及甲种工业学校毕业的，各种学问都有人研究。学生们过着简朴的生活，每月的生活费不超过 100 法郎，因而最多有人积攒了 2000 法郎，平均每人也有 500—600 法郎，以为将来的学费之需。

05

小城的青春足迹

继前辈之后，留法勤工俭学生在蒙达尔纪留下了他们的青春足迹。

蒙达尔纪是宽容的，它以博大的胸怀接纳了来自东方的中国留学生，给了远离故土的他们以莫大的慰藉和希望。

大批留法勤工俭学生来蒙达尔纪，一个很重要的原因就是这里的学校收取相对低廉的学费，能够让囊中羞涩的学生们从容地求学。他们中的男性一般进入蒙达尔纪男子公学学习，女性则进入蒙达尔纪女子公学学习。由于湖南籍的学生大多由新民学会发动，得到官方支持的力度不大，学生所带的钱不多，这样就形成了湖南籍的学生集中在蒙达尔纪的现象。

新民学会的留法会员们延续了他们在国内通过相互启发进行自学的传统。1920 年 7 月上旬，新民学会留法会员及另外一些湖南籍的勤工俭学生，在蒙达尔纪聚议，决定“合住一处，长久作工”。他们在搜集数百种各党派的书报、小册子的基础上，采取分工阅读后举行学术谈话会的具体学习方式。他们阅读《人道报》《共产党月刊》《俄事评论》等报刊，以及有关第二国际、第三国际、女权和妇女运动等方面的书刊。另外，还规定了以三分之一的时间研究法文，以三分之二的时间阅读书报。

蒙达尔纪能够形成宽容的城市精神，与该地区的保守势力较弱，社会结构较为先进有密切关系。这里是法国中小资产阶层的天地，律师、医生、教师、工程师、记者、公务员等工业革命后产生的新型职业群体很活跃，而这又与该地有相对发达的工业分不开。蒙达尔纪所在的卢瓦雷省拥有蒙达尔纪木工厂、橡胶厂等工厂，中国留学生在这里能够较为容易找到接纳他们的工厂。

1920 年夏天之前，在法国就业比较容易，做工的机会很多。聂荣臻进的第一个工厂就是蒙达尔纪的哈金森橡胶厂，负责检查轮胎，粗看一下，是否合乎规格要求。这个工作的活不重，也比较简单，谁都能做。

两年之后，聂荣臻的四川同乡邓小平也来到哈金森橡胶厂工作，但他从事的是其他工种。邓小平在蒙达尔纪留下了难忘的青春足迹。

1922 年 2 月 13 日，邓小平从巴黎乘火车到达蒙达尔纪，随后步行数公里，来到附近的夏莱特。他在哈金森橡胶厂找到一份稍微稳定的工作。

哈金森橡胶厂是一个老字号，据说当时是欧洲唯一的橡胶厂，以生产胶鞋和自行车内外胎而著名。它的厂房是一座两层楼房，有近百米长，厂房跨度比较宽，钢铁结构，由几十根铁柱支撑。这是由埃菲尔铁塔设计者、法国著名建筑设计师古斯塔夫 · 埃菲尔设计的。工厂约有 1000 名工人，大部分是女工和童工，其中有不少是外籍工人，主要是智利人、印度人、越南人、白俄罗斯人和波兰人等。

蒙达尔纪市的街道

Brasserie
Café

Nationalité Chinoise

Nom Teng.

Prénoms Hi-Hien

Né à Se Tchouan. le 12-7-1904.

Fils de Teng-Wen-Min

et de Tain-Che-Teng

Profession ouvrier d'usine

Marié à Célibataire

Immatriculé à "

le " N° "

Carte d'identé n° 1.250.894 délivrée

le " à "

Arrivé le 13 Février 1922

Adresse Langlée

Parti le 3 Novembre 1922

pour se rendre Chatillon-s/-Seine. (Collège).

Observations

Revenu le 1er Février 1923 Langlée

Parti le 11 Juin 1923 à La Garenne-Colombe, 52 Rue de la Pointe.

Ch. Chartier, Imp. — Montargis

邓小平的居留卡

2月14日，邓小平正式进厂工作，他的工号是5370。

和邓小平一起在哈金森橡胶厂做工的勤工俭学生有30多人。他们有的做车胎，有的做雨衣，有的做防雨用的套鞋。邓小平被分配到制鞋车间工作。每日工作10小时，开始实行计时工资，熟练后实行计件工资。劳动强度虽不大，但节奏很快。邓小平心灵手巧，一般人每天只能做10双鞋，而他可以做20多双，可以挣15—16法郎。这样，一个月除去开支，还可以结余200多法郎。

邓小平有了相对稳定的工作，生活状况有了改善。他和郑超麟、汪泽楷、李慰农、尹宽等30多个留法勤工俭学生住在离工厂不远一个小树林的木棚里，走5分钟可到工厂，住房不要钱。他们合伙吃饭，推举两个人做饭，照工厂计时制支付工钱，伙食账目月底公开。每人每天伙食费3个法郎，早晨是咖啡、面包，午、晚两餐也有点肉吃，饭也能吃饱。郑超麟后来回忆说："在三十几个学生当中，邓小平的年龄最小，除了他以外，恐怕都是二十岁以上的人了。"

邓小平在哈金森橡胶厂工作了8个多月，1922年10月17日，他辞去了工作，前往塞纳，想进入夏狄戎中学上学。但最终由于钱不够没能入学。1923年2月1日，邓小平又回到夏莱特，再次进入哈金森橡胶厂，继续在制鞋车间做工。一个多月后，离开工厂。

邓小平的故事是留法勤工俭学生在蒙达尔纪的一个缩影。这座法国小城见证了他们的青春岁月，曾经承载了他们的希望和梦想，他们在这里求学、工作、生活，这里有他们的喜怒哀乐，有他们的信仰追求，也有他们的思想选择。年轻的他们来到这里，也给这里带来了青春的气息。

活力

青春岁月的交往

01

通信与联络

勤工俭学生在法国的年代，通信技术没有现代发达，主要还是依靠电报来进行远程信息传递，通过报纸来了解和获取信息。数以千计的勤工俭学生分布在法国各地，他们要成长成才，要协同行动，就需要及时获得各种信息，看报、写信对他们来说极为重要。

最开始，由少年中国学会留法会员成立的巴黎通讯社发挥了重要作用。早在1919年1月下旬，决定赴法的少年中国学会会员周太玄、李璜致电王光祈到上海商讨会务。当时，巴黎和会正在筹备，中国社会各界极为关注会议动态。因此，周太玄等人在上海讨论会务时，就把重点放在通信组织和联络工作上。周太玄曾经当过记者、办过刊物，他到达法国后，很快就把巴黎通讯社建立起来。到1919年3月底，巴黎通讯社就开始向国内发稿，供京、沪等地各大报纸采用。该社是第一个把中国在巴黎和会上外交失败的消息传到国内各报馆的机构。

1919年5月之后，巴黎通讯社把宣传报道的重点转移到勤工俭学方面。它的成员包括周太玄、李璜及稍后到达法国的曾琦等5名少年中国学会的会员，其中发挥主导作用的仍然是周太玄。他们几人承担了采访、编辑、发稿等工作，也接受少数勤工俭学生的投稿。周太玄等人以巴黎通讯社的名义，写了大量有关勤工俭学的通讯报道，在巴黎的中文刊物及国内的《少年中国》《申报》《时事新报》《晨报》等刊物上发表。这些报道涉及留法勤工俭学运动概况、学生的具体工读情况和社会活动、华法教育会的动态等。它对留法勤工俭学运动的系统报道，对促进赴法勤工俭学运动的持续进行以及提醒赴法勤工俭学生应当做好心理、身体、技能等方面的准备，起到了一定的积极作用。例如，它曾经刊登了徐特立在法国化工厂进行调查的报告，提醒学生们要做好吃苦的精神准备。由于缺乏人手，到了1920年之后，巴黎通讯社就销声匿迹了。

鉴于越来越多的勤工俭学生到达法国，1919年7月下旬，李石曾等人考虑到《旅欧杂志》出版周期较长，决定将这个在旅法华人中颇有影响力的杂志改组为周刊，并请周太玄担任主编。当时巴黎通讯社还存在，周太玄便同时承担了这两项工作。《旅欧周刊》在1919年11月15日发行第一期，它刊载的内容，既有关于旅法华人的报道，也有关于学术思想交流的文章，但重点在勤工俭学方面。它的稿件特点是简短、实在，注意交流和传达信息。参与《旅欧周刊》编辑事务的，主要是少年中国学会的留法会员。

《旅欧周刊》自出版发行以来，以通讯报道的方式发布了大量有关勤工俭学的新闻。它报道的内容极为广泛，包括勤工俭学生抵法人数、进入学校的人数、做工工资和学费情况、做工和学习的详细情况、华法教育会的组织和安排、国内和法国各界对勤工俭学的态度与反应、勤工俭学取得的成绩和遇到的困难、学生的呼声动向乃至斗争等。《旅欧周刊》定期出版，很有新闻报道的及时性和连续性，每期编辑好之后，送往都尔中华印字局印出，能够较快地在法国各地面世。

《旅欧周刊》一度成为勤工俭学生获取、交换信息，交流感情体会的园地。在法国的青年学生，通过《旅欧周刊》得知同伴的学习情况，也可以获悉某校的管理、课程设置、学费情况，或某工厂的工作、待遇等情况，这为他们转校、转厂提供可参考的资料。勤工俭学生关于某事的声明、启事，以及召开庆祝会、追悼会、学术研讨会的通知，也往往在《旅欧周刊》刊出，便于大家得知和参与。他们在工学实践中的感受体会，也能够在《读者论坛》栏目中刊载。

除了通过《旅欧周刊》保持联系之外，勤工俭学生还通过集会、信函等方式保持着联系。他们虽然都是青年人，但由于年龄不同、省域不同、人生阅历不同，到达法国后分处各地，从事勤工和俭学的阶段不同，做工的类型和感悟也不同。这些不同反而使他们能够更广泛更深入地进行交流。勤工俭学生不是简单作为单一的个体而存在，还是作为一个有着共同梦想和追求的群体而存在。社会关系网的存在，促进了他们的成长成熟。

随着法语水平的提高，勤工俭学生获取信息的渠道也在增加，他们可以从法文报纸上获得更多信息。他们经常看报纸上的招工广告，发现有什么工厂招工，认为合适，马上写信过去。法国工厂接到信后，一般回复很快，学生们就立即简单收拾一下行装，赶到一个新的工厂去做工。刚到法国的两年间，聂荣臻为了做工，经常这样跑来跑去，在法国辗转多个城市，进了许多工厂，但前去学习的学校只有两所。

奔波的青春，愈发彰显出奋斗的底色。勤工俭学生的生活特点就是反反复复地在做工和读书之间进行选择。积蓄将用完的时候，就赶快找工厂做工，手头有钱，就进学校，钱花光了，又赶快做工。在这个过程中，他们广泛接触到法国社会各界，在感知生活中体悟着人生，思考着未来。

02

团体与组织

五四时期，中华民族面临着深重的民族灾难，青年人也在努力寻找救国之路。青年的结社、集会活动非常普遍。勤工俭学生在国内大多是组建社团的积极分子，到达法国后，既出于青年人激情澎湃、喜好交友的天性，也出于组成团体来共同应对勤工俭学实践困难的现实需要，他们自然将国内结社、集会的习惯带到了法国。由于大量勤工俭学生的到来，华法教育会在服务他们时面临着人力物力不足、工作繁重、应对乏力等困难，而与群体组织进行沟通自然比直接面对学生个体来得方便快捷。因而，华法教育会也乐见勤工俭学生自行组织起来。

1920 年 2 月，湖南籍学生张昆弟、李维汉等发起成立勤工俭学励进会，这是一个较早成立的由勤工俭学生自行组织的团体。勤工俭学励进会的主要成员是新民学会留法会员。此外，还吸纳了李富春、任理、李林、张增益、贺培真等青年入会。到了 1920 年 8 月，它的成员已经超过 40 人。勤工俭学励进会的宗旨是，“谋人生正当之生活，促人类真实改造”。会员必须每月交纳公有储金 5 法郎，私有储金也由该会代为储蓄。勤工俭学励进会成立之初，侧重于进行社会调查，鼓励会员将各自所在地所见所闻详细记载出来形成通讯。会员写的通讯或者法文书刊译文，都交给新民学会会员罗学瓒。罗学瓒把这些通讯寄给留在国内的毛泽东。

1920年8月，发起人李维汉发出通知，经全体会员通过，勤工俭学励进会改组为工学世界社，李维汉担任干事。工学世界社的宗旨，正如萧三在《时事新报》著文中介绍指出的：“以工学的精神与方法，谋世界的改造与进步。”“要使世界成为工学的世界，不愿意总是过去现在的不工学，或仅仅工、仅仅学，及学者不作工、工人不求学的世界！”可见，与勤工俭学励进会相比，工学世界社有更大的抱负，以工学改造社会、改造世界的意图更为明显。工学世界社的社员从他们勤工俭学的实践出发，认为做工求学是一种正当的人的生活；希图通过一边做工、一边求学，终身做工、终身求学，实现脑力和体力的平衡发展。

1920年末工学世界社法国蒙达尔纪会议合影

1920年10月，李维汉以干事名义发出了第一次年会所要讨论的四大提纲：关于世界运动——世界观；关于中国改造者——回国后怎样作；关于实行工学者；关于世界社之组织。同年12月底，工学世界社召开了第一次年会。工学世界社对于留法勤工俭学的宣传，在当时即引起了人们的注意，一名勤工俭学生曾经对它作出很高评价："其用意是欲实行勤工俭学之主义，达到振兴实业之目的。成立虽半载，而成绩颇有可观。其章程所订，在会会员每人每月缴纳所得工资百分之十作为储金，将来归国开办实业即以此为基本金。观其会员之志向，似乎均有坚忍不拔之概，他日结果必善。"

除了勤工俭学励进会等著名的团体之外，留法勤工俭学生还成立了一些旨在提倡实行勤工俭学的团体，其中具有一定影响的团体就是留法勤工俭学学生会，这个学会的成立与蒙达尔纪有着密切关系。

1919年6月，就读于蒙达尔纪公学的勤工俭学生60多人发起成立中国校友会，此举得到校长的理解和支持。很快，木兰中学也成立了有30多人的中国校友会。1919年8月，蒙达尔纪公学的校友会和木兰中学的校友会，联合发起组织留法勤工俭学学生会。8月3日当天，在蒙达尔纪公学举行了留法勤工俭学学生会成立大会，邀请李石曾，蒙达尔纪公学校长、副校长以及工人代表梅钧等人出席。周太玄以大会主席名义作了关于该会发起成立经过的讲演，申明"会员资格取精神不取形式，凡抱勤工俭学之志愿，依章程所订手续而要求入会者，皆可充当会员"。

留法勤工俭学学生会最初有会员80多人，设立有工作部、书报部、讲演部、消费部等部门，不设会长、干事、理事等职位，而是通过工作人员的分工协商来处理会务。书报部负责在各会员离校进厂勤工时，每月发行一次《会务报告》，以保持会员间的相互联系；讲演部随时聘请著名人士举办讲演会；消费部创建了消费合作社，以便共同消费，并实行书籍、报纸、杂志共有制。留法勤工俭学学生会成立后不久，会员人数有所增加，不限于蒙达尔纪公学和木兰中学。它开展的主要会务活动，集中在书报部方面。

学生团体和组织的建立，对于推动勤工俭学运动的继续发展，起到了一定的作用。愿意来法勤工俭学的学生，大多数是有志气、有见解的热血青年，他们在组织中能联络到志同道合的朋友，进行人生道路的选择，为未来做好谋划。他们可以一起做事，进行储备工资、订阅书报、救助疾病、传递工学信息等活动，减小个人独自面对的来自工作和生活的压力。在异国他乡，组织的力量也能够使年轻的他们有所依靠、减少孤独、预防懒惰、抵制环境诱惑等。各类学生团体和组织的成立，也在事实上打破了华法教育会对勤工俭学事务的垄断，使学生们有了更为宽广的活动空间，能够按照自己的意志行动，从而更独立地推动留法勤工俭学运动向前发展。

相识、互助和友谊

大量留法勤工俭学生群集法国，这里集中了当时中国优秀的一批青年，许多人在这里相识，并开始了长达一生的友谊。

1920 年 1 月，聂荣臻到达蒙达尔纪，他在这里认识了陈毅。陈毅比聂荣臻早几个月到法国。他告诉聂荣臻，他是 1919 年 10 月到的法国，几个月来，在学习、生活方面碰到了许多困难，与国内想象的大不一样，但已经来了，就要坚持下去。陈毅热情奔放，性格开朗，初次见面，就给人印象很深。与他的谈话，给聂荣臻打了一记预防针。

1920 年秋天的一个下午，留法勤工俭学生郭春涛的住所来了三位客人，其中两位是黄齐生和王若飞，他们是专门来法国求学的。他们都是爱国志士，愤恨北洋军阀当政的腐败、日本帝国主义侵略的横暴，特地遨游各地访求志士，共同救国。这是郭春涛与王若飞的第一次见面，他对王若飞的印象是坚强、勇敢、热忱、善于言辞。

在离国万里的异乡，完全不同的语言环境下，留法勤工俭学生尽管遇到了不少困难，但都以顽强的毅力应对挑战。徐特立的故事

徐特立（前右四）与湘籍勤工俭学生在里昂的合影

就十分励志感人。

徐特立等 60 多个勤工俭学生在木兰中学学习法语。木兰中学给他们专门开了一个中国学生班。在学习法语的过程中，徐特立虚心好学，不耻下问，甘当小学生。他刻苦向上的精神、朝气蓬勃的面貌，给青年人以极大的影响。

当时有人对他说："你年纪大了，要学法语，是很难的。"徐特立满怀信心地说："我今年四十三岁，一天学一个字，一年可学三百六十五个字，七年可学二千五百五十五个字，到了五十岁时，岂不成了一个通法文的人了吗？假若一天学两个字，到四十六岁半，就可以学通一国文字，我尽管笨，断没有一天学一两个字也学不会的。"

在去法国的途中，不管海上的风暴与颠簸，也不顾身体的疲惫和晕船呕吐，徐特立一直坚持要同行的青年人每天教他几个法文单词，他反复念、反复写，学得十分认真。到了木兰中学更是日以继夜地刻苦攻读法文。他把许多同音异义的法文单词，写在手掌上或纸片上，走到哪里念到哪里。例如，法文的石灰、白菜、热，都发“木”的音，他就把法文的“木”字写在手掌中间，把石灰、白菜、热三个中文字写在周围，一边走路一边背读。他对同学熊信吾说，这样可以一举三得，背一个音就记住了三个字。有时就连做梦，徐特立也在背诵法文单词。

留法勤工俭学生在读书学习上相互帮助。他们相互传阅从国内带去的报刊《湘江评论》《时事新报》《新青年》《星期评论》以及法国出版的《旅欧周刊》《新世纪》《华工旬刊》等中文刊物。除此之外，他们还节衣缩食，从有限的收入中挤出订阅、购买书刊的费用。罗学瓒在给毛泽东等人的信中写道：“此处各同学订书报甚多。”他们相互借阅书报。湖南籍学生贺培真在购买书籍方面就花了不少血汗钱。不少同学在他这里借阅书籍。根据他的日记记载，仅 1920 年 8 月 18 日，即有“李富春借去代数演草一本，代数表解一本，简易英文法二集一本（刘）；龚声律借去那氏英文法二集一本，中学英文读本三集一本；张增益借去解析几何一本”。

留法勤工俭学生在学习上是同学，在工作上是工友。年轻的他们在生活上相互关照，相互之间的帮助既是应对困难的良方，也是维系友谊、升华感情的路径。对于这种同胞间的互助之情、朋友间的关怀之义，许多人在多年后还记忆犹新。

1920 年 6 月，唐铎作为留法勤工俭学的第 15 批学员到达法国马赛后，被分配到蒙达尔纪公学学习法文。在蒙达尔纪公学，唐铎结识了早半年多到达的李立三。唐铎、李立三和李富春都在蒙达尔纪公学学习，并且都在公学的宿舍住宿。他们三人同住一个房间，唐铎与李富春还是上下铺的舍友。李立三比唐铎大 5 岁，他总是把唐铎当作小弟弟，在各个方面倍加关照。他们朝夕相处，相互帮助，生活十分融洽、和睦。

李立三在学习上有个习惯，喜欢一口气把书看完，而不被其他事情干扰。唐铎和李富春一起在院子里踢毽子、打拳，而李立三本来就好动，也很喜欢体育锻炼，所以 3 个人平常总是一起运动。但是，只要李立三手里有一本没有看完的书，那谁叫他出去玩儿，也叫不动。在星期天或节假日，他们就到附近的哈金森橡胶工厂，同那里的中国勤工俭学生一起捉兔子。然后，自己动手做兔子肉，吃起来味道鲜美。唐铎后来回忆这段生活时说："大概是由于生活太艰苦的缘故吧，那时我们吃墨斗鱼或兔子肉的情景，使我们这些远离故国的人感到很有乐趣，因此也给我留下了很深的印象。"

蔡和森的母亲葛健豪是一位女中豪杰，到达蒙达尔纪之后，她和蔡畅、向警予等进入蒙达尔纪女子公学学习，这所学校和蔡和森所在的男子公学相距很近，她和儿子可以天天见面。尽管身处异邦，但大家学习都很努力。葛健豪在法国勤工俭学 4 年，是她一生中经历丰富的 4 年。她刻苦攻读法文，虽然年纪大、记忆差，又没有外语基础，但她像小学生那样，从一个个单词学起。她每天起得最早、睡得最晚，终于取得能说法语和阅读法文报纸的好成绩。

葛健豪为人开明、待人热情，她以母亲的情怀关心年轻的留法勤工俭学生。新民学会在蔡和森家成立时，就得到她的热情支持。还在长沙家中时，她就做过丰盛的菜肴款待毛泽东、张昆弟等新民学会会员。在新民学会会员云集的蒙达尔纪，她的住处也是湖南学生常去的场所。她经常做些湖南菜给饮食上不习惯的青年学生打牙祭。葛健豪还是一个湘绣能手，白天她和蔡畅、向警予一起学习法

语，晚上回家后就开始刺绣。她绣艺精湛，绣的荷包对法国妇女来说，既有东方韵味、精致漂亮，又实用，而且在商店里根本买不到，

因此很受法国妇女的欢迎。一件绣品可以卖几十法郎甚至上百法郎。换来的钱，她不仅供自己和儿女学习、生活之用，有时还能资助更困难的学生。

1920 年，勤工俭学女生在蒙达尔纪女子公学的合影。左起一为蔡畅，六为葛健豪，七为向警予

04

感情与婚姻

绝大多数留法勤工俭学生都是青年人，他们正处于风华正茂、情窦初开的美好年华，既追求知识和真理，也憧憬美满的爱情和婚姻。这其中，蔡和森和向警予、李富春和蔡畅的爱情故事最为人津津乐道。

蔡和森和向警予都是妇女解放的热情支持者，都反对遵从“父母之命，媒妁之言”的旧式婚姻。

向警予是湖南溆浦人，还在国内时家里就给她安排了一门婚事，男方是驻扎在溆浦的湘西镇守副使兼第五区司令。由于向警予母亲早逝，后母慑于男方的权势，不顾向警予的反对，爽快答应了这门亲事，还美其名曰向警予要成为“将军夫人”了。为了断绝男方的求婚念头，向警予只身前往男方家，当面拒绝了这门亲事。面对男方的权势，她毫不畏惧，斩钉截铁地说：“以身许国，终身不婚。”蔡和森坚决反对父亲将年仅 13 岁的妹妹蔡畅嫁人，支持妹妹逃婚到长沙求学，后来又携母亲和妹妹一同出国留学。蔡和森和向警予都追求以自由恋爱为基础的新式婚姻，有着共同的理念，认为信仰和精神的契合比婚姻的形式更为重要。

蔡和森和向警予都是新民学会会员，他们一同赴法。1919 年底，在赴蒙达尔纪的盎特莱蓬号法国邮轮上，在一个月有余的漫长航程中，蔡和森、向警予两人经常一起看日出，谈中国与世界大势，谈人生和理想，他们很快爱上了对方。到达蒙达尔纪后，两人所在的蒙达尔纪男子公学和女子公学相隔仅数百步。在求学之余，两人的爱恋也越来越深。

抵达蒙达尔纪 3 个月后，两人决定结婚。1920 年 5 月，蔡和森和向警予在蒙达尔纪一间平房里举行了婚礼，这是一场象征志同道合、自由恋爱的新式婚礼。在婚礼上，他们朗诵了在恋爱过程中互赠的诗歌，将婚礼的气氛推向了高潮。他们的结婚照上，两人并肩坐在草坪的长椅上，蔡和森手执一本《资本论》，两人的脸上洋溢着幸福和甜蜜。他们在法国结集出版了两人在恋爱过程中交流的诗作，题为《向上同盟》，并将其赠送给亲朋好友，因此大家都把他们两人的结合称为“向蔡同盟”。毛泽东也非常赞成“向蔡同盟”，立即去信祝贺，认为他们为青年开创了一个很好的先例，号召大家向他们学习。

两人结合后，向警予给父母寄了一张印有一对十分可爱的小孩的明信片。她在明信片上写道:“和森是九儿(向警予在家排行第九，小名‘九儿’)的真正所爱的人，志趣没有一点不同的。这画片上的两小也合他与我的意。我同他是一千九百廿年产生的新人，又可叫做廿世纪的小孩子。”蔡和森在给毛泽东的信中也说：“我与警予有一种恋爱上的结合。”“向蔡同盟”因为具有健康向上、率真独特和丰富多彩的内涵，平添了无穷的魅力。

正是在法国，蔡和森的妹妹蔡畅实现了婚姻自主，与李富春结为夫妻。李富春和蔡畅都是湖南人，出生日期只差8天，两人相隔一个月先后抵法。早在国内时，李富春就结识了蔡和森，到法国后，他经常到蔡和森家，同蔡和森讨论问题，也顺便认识了蔡畅，并逐渐对她产生了爱慕之心。蔡畅也在一系列活动中，对李富春产生了感情。

蔡畅喜欢李富春性格开朗、襟怀坦荡、思想敏捷、办事果断，斗争勇敢而坚决，待人热情而有风趣；李富春喜欢蔡畅举止文雅、仪表端庄、正直聪慧、性格坚强，有理想，有毅力，能吃苦，善思考。同时，李富春也喜欢蔡畅家庭的其他成员。蔡畅的母亲葛健豪十分欣赏和喜爱李富春，觉得这个来自家乡湖南的小伙子，有着湘伢子的淳朴敦厚。

1923年春，李富春和蔡畅在巴黎的一家咖啡馆举行婚礼，当时在场的人不多，其中就有邓小平。李富春后来对他的侄儿侄女们说：“我们三个人喝了一点酒就完成了婚礼，那可是革命化的哟！小平同志还是我们的证婚人哩！”婚后不久，蔡畅就怀上了孩子。考虑到将要把自己的一生献给革命事业，她想放弃孩子。但法国不允许堕胎，母亲葛健豪表示要帮助她抚养孩子。蔡畅在巴黎生下了女儿李特特，这是她一生中唯一的孩子。她在产房做了结扎手术，表达了投身革命的坚定决心。1925年1月，蔡畅和李富春转到苏联学习，自此离开了法国。他们在日后的生活中，虽然聚少离多，工作繁忙，但两人一直相亲相爱，是模范夫妻。

05

同胞情谊

一战期间，中国约有 15 万华工赴法工作，他们辛勤劳作，为法国军事后勤机器的正常运转，为协约国集团取得战争的胜利付出了血和汗的代价。一战结束前后，部分华工陆续回国。但是法国政府通过惠民公司代招的华工，合同期限为 5 年，战争结束之后，法国陆军部仍然坚持军事化的管理方式，坚持要渴望成为自由工人的华工交纳 600 法郎方可解除合同，因而很多华工受合同束缚，不能自由觅工。如此就造成了 10 多万华工在战后仍然身处欧陆的局面。

华工都是贫苦出身，不识字的人很多，能够在工余学习的人极少。不少华工在法几年，仅能讲很简单的几句法语，很难在法国社会立足，但他们有朴素的爱国情怀，身在海外却心系祖国。1917 年，京畿地区发生水灾，华工踊跃捐款，共筹集 14000 法郎救灾。1919 年巴黎和会期间，旅法华工参加了对出席和会的中国代表团施加压力的活动，在迫使中国代表团不在丧权辱国的合约上签字的事情上作出了突出贡献。他们在法国的生存状态并不乐观。法国陆军部对待华工十分严苛，他们不仅劳动时间长、工资待遇低，而且面临着明显的待遇不公甚至是种族歧视。不堪忍受压迫的华工如果出逃，就被当作黑号，被捕获的黑号，都被押送到马赛水牢。侥幸逃脱的华工，则昼伏夜出，行踪不定，依靠其他华工接济或从事贩卖维持生计。北洋政府和中国驻法国使领馆明知华工在法国受压迫的境况，但并不愿得罪法国政府，也不敢维护华工的权益。

华工能够做的，只有自行组织起来实行自我保护。1918 年，华工张伯辽、黄恩荣等在马赛发起成立中华工团。随后，华工马志远、袁子贞在勒克勒佐成立中华工团第一支部，华工潘振东等人在法国北部发起华工工会。由于华工的工作并不固定，做工地点常有变动，一遇调动，各基层组织就随之解散，不易重新成立。中华工团和华工工会也曾经宣传勤工俭学，在会员中传阅一些书报杂志，但总体上成效甚微。李石曾等人曾经为大批华工的到来，开办了华工学校，培养了一批可以从事华工教育的人才。华工学校的学生，后来在华工中充任翻译、管理者，为华工顺利在法国工作、生活、学习等方面，作出了较大贡献。旅法教育界人士对华工事务的关心，为勤工俭学生在华工中开展组织和宣传活动提供了有利的契机。

勤工俭学生对华工的工作和生活状态极为同情，他们对华工有同胞情谊，具体的帮助主要体现在四个方面：

一是帮助成立华工组织。1919 年 10 月，华工领袖在旅法学界的大力支持下，在巴黎华侨协社召开会议，决定将中华工团、华工工会以及早期旅法华工组织合并，成立旅法华工的统一组织——旅法华工总会。11 月 15 日，巴黎警察局即批复旅法华工总会，承认该会为依照法国法律而成立的合法团体。该会的组织工作一度较为顺利，成立不到一个月，入会者已有3000人，在26个地方成立了分会。

二是积极进行华工教育。在旅法华工总会成立之前，就有一些勤工俭学生与附近的华工取得联系，组织华工进行工余学习。在蒙达尔纪公学就读的5名勤工俭学生，在该城附近的工厂组织华工讲演团，即华工学校。他们每周四、周日轮流在华工中讲授汉语、卫生、国民常识、法文及科学常识等课程。在里昂、拉罗谢尔等地的工厂，也有勤工俭学生组织的夜课学校、补习学校。旅法华工总会成立之后，勤工俭学生成为华工总会的重要支撑力量，到1920年7月，工余学校达到30多所，教授者多是勤工俭学生。1920年10月，勤工俭学生还创办了《华工旬刊》，这个刊物成为华工总会的机关刊物，在联络工会和会员方面发挥了一定作用。学生们在华工中进行的工余教育，很受华工的欢迎，取得了积极的成效。

三是支持华工团结起来为成为自由工人而斗争。1920年4月，在旅法学界的支持帮助下，华工总会发动了一场规模很大的请愿行动。他们数次召开会议，印发法文请愿宣言书，联络法国工团组织，争取法国政界人士的同情和支持。但法国当局采取高压政策，华工总会主要负责人潘振东被捕，马志远被驱逐，一些分会负责人也遭到拘捕，工会积极分子被遣返回国。在这个紧要关头，勤工俭学生一方面通过教育华工的方式稳定华工总会的基层组织，一方面在所编的刊物上和所写的通讯报道中，支持华工团结，反对分裂。巴黎通讯社屡屡为遭受法国政府迫害的潘振东、马志远鸣不平。《旅欧周刊》也经常登载华工总会的声明、通告，竭力为其宣传。

四是在华工中进行宣传活动。在劳工神圣思潮的影响下，勤工俭学生很注意联络工人阶级。工学世界社、巴黎通讯社等团体，在华工中进行了大量宣传活动。他们采取的主要方式是通过《旅欧周刊》《华工旬刊》等刊物，登载撰写的论文、通讯、评论等。一些勤工俭学生还向国内的报刊投稿，详细介绍旅法华工各方面的情况。工学世界社明确规定每个会员每月写稿一篇，内容包括工人生活和华工情况。

赵世炎、李立三等留法勤工俭学生在面向华工开展工作时，与华工结下了深厚的情谊。在勒克勒佐做工时，他们与袁子贞等华工领袖有着密切联系，在华工中开办工余读书会。赵世炎对华工脱离法国陆军部束缚一事极为关心，并为此奔走呼吁。1921 年，旅法华工合同期满，法国陆军部加紧遣返工作，旅法华工总会再次陷入停顿状态。在赵世炎、李立三等人的支持下，袁子贞辞去勒克勒佐工厂的工作，赴巴黎主持旅法华工总会的重建工作。他十分尊重赵世炎的意见，并邀请赵世炎、李立三等人参与华工总会的组织领导。赵世炎、李立三虽然没有加入华工总会，但一直全力支持袁子贞主持工作，共同维护华工的权益。

06

接触法国社会

勤工俭学生在法国求学，得到了法国社会的理解和不少法国友人的帮助。当时国内外报刊经常报道中国学生在法国的情况，当谈到勤工俭学生和法国人民的关系时，经常有这样的字眼：中国学生在法感到“宾至如归”。法国人民对勤工俭学生“感情甚好”“待遇极优”“乐于扶助”“和蔼可亲”，认为中国学生“诚实不欺”。

何长工所在的圣雪尔旺公学，校长对中国学生很是关心。这个校长出身铁路工人家庭，作风朴实。中国学生吃饭的时候，他来看营养够不够。学生晚上睡觉时，校长拿着手电来看学生们盖好被子没有。不管多忙，校长总要抽空跟中国学生谈话。校长还很尊重中国学生的文化习俗，有的法国学生歧视黄皮肤的中国学生，或者认为中国人吃饭用筷子不文明，或者认为中国人的黑头发不好看，遇到这样的事，校长总是耐心地教育法国学生，让他们不要抱有偏见。

何长工等人在工厂勤工时，也感受到法国工人对他的关怀。他回忆说：“法国工人对我们特别关心，他们耐心地教我们学技术，有时甚至把着手教，直到我们熟悉了，才让我们单独操作。法国的许多青年工人，更是主动地接近我们，教我们说法国话，关心我们的生活，如果发现我们不高兴，就跑过来问长问短：‘你在想什么？有什么困难？’有一次我上工迟到了，没拿到工牌，按照厂规，迟到一分钟，就不发给工牌，没有工牌就上不了工，拿不到工钱。我正在为难的时候，被一个法国青年工人看见了，他把我拉去找工头说：‘给他一个牌子吧，他不过只迟到一分钟。他今天上不了工，就没法生活了。再说，他这样一个熟练工误了一天，厂方要受损失的呀！’工头似乎被他这一软一硬的话梗住了，只好发给了工牌。那青年眨眨眼，拉着我一溜烟似地跑进了工厂。在政治上，法国工人更是关心我们，告诉我们工厂里哪个是坏蛋，哪个是政府派出来暗地里监视工人的，工间、业余时间还给我们讲法国工人运动的情况。”

蔡畅的感受与何长工的相似。1920 年 6 月，蔡畅开始在一家电灯厂做工，每天工作 10 小时可以得到 8 法郎，夜晚她就学习法文和读书。后来她又在另外 3 家工厂工作过，其中有一家是橡皮鞋厂，一家是印刷丝手巾工厂。工人们的工作环境非常恶劣。工厂在 7 点钟开工，但工人们却要在 6 点钟到厂，以便一个一个地进入工厂；工人们离厂时，每个人都要被搜身。工厂里还不允许工人相互谈话。蔡畅感觉，那些法国工人对中国人非常友好，同她做了很好的朋友。

勤工俭学生也有意识地开展一些活动来加强与法国社会的交往，促进同法国人的相互了解。1920 年 3 月 1 日，由中国勤工俭学生组成的足球队与当地法国足球二队比赛并获胜。10 月，出身武林世家的广东籍学生蔡伯鸿等组成中国武术团体游艺会，先后在法国国家戏院及法国学校表演中国武术，深受法国人欢迎，现场掌声不绝，事后有掷花纪念者、有赠送金牌者、有登台握手者。

同年3月，在枫丹白露公学就读的中国勤工俭学生组织了大型游艺会，轰动了巴黎地区。会前，在枫丹白露、蒙达尔纪等地的报纸上刊登了广告，引起了不少法国人的兴趣。当天到会的法国人士有上千人，中国学生也有数百人。

游艺会上，潘鼎新等4名中国学生以中国乐器合奏《梅花三弄》。古国铣等30余人表演了中国传统的徒手技击。陈炎甫等表演滑稽剧。曹强、吕其昌二人用法语表演双簧，他们用对话的方式阐述政治题材，把日本比作远东的德国，把日本侵略中国满洲和山东比作德国侵占法国的洛林和阿尔萨斯，认为法国已经报仇雪恨，使洛林和阿尔萨斯回归法国，中国也要学习法国的精神，以此勉励自己。他们的表演得到观众的热烈喝彩。

随后，蔡畅、向警予等表演了舞蹈。接着表演的节目还有武术、京戏、民乐独奏等，徐炳元独奏各种中国乐器，"凡胡琴、琵琶、杨琴、箫、笛种种，历历操之"。学生们还在会场外陈列中国刺绣、绘画等各种艺术品，任人观鉴并予馈赠。会后，巴黎地区各家法国报纸均有报道，中国勤工俭学生还接到许多法国人的感谢信。这次大型游艺会，既展现了中国勤工俭学生的艺术才能，也对法国人增进对中国文化的了解起到了很好的作用。

赤光

对真理的追寻

01

理想与现实的反差

勤工俭学生赴法之前，多少都有理想主义情结，深受无政府主义、工读主义、新村主义、泛劳动主义等思想的影响，对勤工俭学抱有很大期望。对他们中的许多人而言，勤工俭学不仅是一种获得知识和技能、实现个人发展的手段，还是一种展救国之志、寻报国之路的手段；不仅是一种兼顾工读的学习实践形式，而且还是一种追求、一项值得倾情投入的事业。

李维汉回忆：“由于我们出国前没有或很少接触到俄国十月革命和马克思主义的书刊，因此，救国之道如何，真理在何处，我们仍在蒙昧之中。我们读了那些无政府主义和空想社会主义的书刊（华法教育会图书馆主要陈列这些书刊，因为李石曾、吴稚晖等人标榜无政府主义），对于书中所描绘的那种没有人剥削人、人压迫人的境界，觉得非常新鲜，觉得就应该是我们奋斗的目标。但是用什么方法，走什么道路达到这个目标呢？我们没能做进一步的探讨，以为走勤工俭学的道路就能达到这个目的。……反映了我们当时的小资产阶级工学主义的幻想。”

1918 年 10 月毛泽东在北京期间，也受到无政府主义的影响，他说："我读了一些关于无政府主义的小册子，很受影响。我常常和来看我的一个名叫朱谦之的学生讨论无政府主义和它在中国的前景。在那个时候，我赞同很多无政府主义的主张。"

虽然五四运动前后"劳工神圣"的思想对留法勤工俭学生有很大的影响，但毕竟停留在理论层面者居多，真正接近劳动群众和参与工厂生产活动的青年学生为数有限，总有一种"纸上得来终觉浅"的感觉。只有抵法并进入工厂做工，亲身体会到按日计值、受人呵使滋味的时候，他们才对社会生产劳动的辛苦有深刻认识，感受到勤工俭学的不易。

在严酷的社会现实面前，不少青年开始调整自己的心理状态。一名勤工俭学生写道："我自从决定来法勤工俭学，心里便异常快活，自己常常想着，如像换了一个人一样，但是一到了法国，要实行起来的时候，心中又不免惴恐起来。"目睹一些后悔来法同伴的言行，他自己"心里着实有些怀疑，虽然同他们争辩着，自己还是不敢下个坚决的判断。但是我当时心理却预备着一个退步，便是万一勤工俭学不能如我们预期的时候，即使华工生涯我也情愿。有了这种想法，心里便安了好多"。进工厂之后，"初做工时很不自然"，"但是过了一个星期习惯了，丝毫没有痛苦"。

初始进厂做工，工作的新鲜感和辛苦感相互交织，会促使人更加认同"劳工神圣"的理念，支持工读主义的主张。

陈毅曾经颇有感触地谈到，工余回家"把凉水面包的晚饭用了，坐着慢慢地想才知我往年用的钱都是祖先用汗水赚来的"，"到菜市去割肉买菜，看着自己的血汗工钱，不住向外倾荡，自己心内只觉得痛"。他深有体会地说："我往年谈劳工神圣那里知道硬要出汗"，而“一年来的实感，就是知稼穑艰难了”，“扫除往年坐食之病”。

罗学瓒到达法国后不久，就写信给毛泽东：“觉得近数年来的生活，以在此地为最好。托尔斯泰说，人由劳动所得的生活，为最快乐，信不诬也。”

贵州青年熊自难也认为：做工的生活，“说来实在是一种‘人的正当生活’。……世界上一天不得实现有秩序的劳动生活，一天万不会和平！”

周恩来在法国期间也发现，李石曾等人相信勤工俭学生“濡染于欧洲空气日久，自必头脑一新，团体生活组织能力，俱所谂悉，是于改造社会，尤不无补助”。

随着做工日久，工作带来的新鲜感逐渐淡去，痛楚感却是与日俱增。与身体上的疲乏相比，精神上的困惑和信仰上的冲击是困扰他们的更重要的因素。他们的青春无法安放于资本逐利的法国。

勤工俭学生抵法之初，大多秉持着自由、平等、博爱的精神追求，羡慕现代化的机器大生产。但在日复一日的勤工俭学生活后，他们与法国社会的接触越来越密切，开始看到高楼广厦、和气礼貌、文明进步之外的法国。法国工厂中普遍存在等级森严、阶层固化、以上凌下、欺软怕硬的情况，斥责、辱骂甚至虐待工人的现象司空见惯。一个勤工俭学生所在的工厂“遇到工人稍有错误，便行斥退，种种虐待，日日都有”。一些工厂的工种对人体有害，“入鼻吸之，易生肺痨”，但资本家不顾工人死活，不予解决污染等问题。浙江学生朱洗在工厂干活时，目睹的两件事使他深有体会：一件是一名中国学生因病休息4天后，回到厂里即被开除，理由是工厂损失甚大；一件是一位70多岁的法国老太太做工时右脚被机器轧断，甚为痛苦。

一些勤工俭学生还发现，在颇为发达的机器大生产中，产生了法国工人出工不出力的奇怪现象，怠工现象比较严重。他们观察到：许多工人畏工头如畏老虎一样。他们的做工，多是为着瞒住工头或厂主的目光起见，不是出于真情实意的，所以工头一不在时，他们便同耗子一样，任意闲散着。法国工人的生活条件与资本家有着天壤之别，贵州青年熊自难曾在木材厂工作，他“移居于一弄纯粹平民的景物阴沉的狭巷中”，看见那些“褴褛的、憔悴的劳工朋友”，想起他们终日劳作，却只能干嚼面包，不由得感慨万千，“长啸这最真实的歌咏，呈露我最恳切的心情，致向全世界民众”，“倡什么神圣劳动，掩饰我们的奴隶——苦痛——贫穷！”

勤工俭学生抱着“劳工神圣”的思想来到法国，但在深入法国参加生产劳动时，一方面看到工人创造了大量的社会财富，另一方面又注意到工人社会地位的低下。理想与现实的反差自然会催生愤怒和不平之感。

正如陈毅所说的那样：“我初入法境见着他们平等、自由、博爱的精神，到处流露，我便连想后日的工厂生活，一定能满人意，其实不然。”通过勤工俭学生涯，他看到“法国工场是工头制，资本家派一个总办，以下有总工头、工程师、监工、小工头。以下便是工人分如许的阶级，由下至上与小官见大官一样。我常说工厂内森严阶级，就是这些工头儿筑成。他们是由下至上，常常拿身份来凌辱工人，这是我极不满意的”。

02 实践中的洞察反思

一批有志青年来法勤工俭学，是怀着效法法兰西文明改良中国的美好愿景的。抵法勤工后，他们不停地观察和思考已经进入工业时代的法国社会的方方面面。在感受机器大生产带来的高效率和物质财富的同时，他们开始反思先进生产力给普通人带来了什么影响、机器生产创造的财富到底造福了谁等问题。他们对工厂严格的考勤制度、苛刻的管理规定、细密的做工环节有了更深的认识，越来越多地思考资本家与工人的关系这个关键问题。

贺培真认识到，“我们这种大工厂，分工分得很细，一座机械，分作几十百件去做”，“电铃响了，汽筒叫了，工人就忙着开始工作，一片的机械声、锤声、锉声、铁钻声、铁板声，闹得两耳失去了作用，对面说话，彼此不能相闻”。做工半年之后，他体会到，“现在这种大组合生产制的工场，是建设在资本家的生产上面的，对于工人方面，完全是一种掠夺的手段。一方面由社会经济制度的不良、生活的困难压迫你去帮他作工；一方面资本家的盘剥手段，使工人毕生的精力，都变作资本家的经济势力的牺牲，这种魔鬼式的掠夺，比杀人、放火、打劫的强盗，还要厉害些呵”。

朱洗也发现，“在西洋社会上，一切财产都集中于少数资本家手里，各工人既无立锥之土，又无隔宿之粮，做一天工吃一天饭，不做工便没有饭吃”，只有“在这虎狼似的机器面前讨生活”。盛成通过参加勤工实践，“才辨别出来，工人与资本家是两个阶级，一上一下，一压一抗”。陈毅沉痛地说：“资本家完全为自己的利益起见，实毫无人心，我才知欧洲资本界是罪恶的渊薮。”徐特立也在工厂里亲眼看到：“资本家不放松工人在工厂里做工的时间，一分一秒钟，他们都千方百计地想办法剥削工人。”

出于对被剥削和压榨的工人的同情，经过思考，勤工俭学生愈发深刻地认识到资本主义制度的罪恶，认识到法国社会存在的与自由、平等、博爱等社会价值观相违背之处，认识到虚幻的表象与真实的现实之间的矛盾，他们自然对法国工人运动和社会主义革命等有所认识。

1920 年 5 月 1 日，法国工人举行大罢工，凡是在法国工人举行大罢工的工厂做工的中国勤工俭学生，都参加了此次罢工。蔡和森对此次大罢工极为关注，他专门撰写了《法国最近的劳动运动》一文予以详细报道，称“无限制的大罢工与劳动节的大表示合而为一，就成了最近劳动运动的伟观”，体现出“伟大精神”。李维汉参加了这场罢工，他目睹了武装警察对罢工示威工人的镇压，感到就是在以民主著称的国家，工人并无民主自由。

勤工俭学生普遍认为，工人应当起来同资本家作斗争。陈毅通过做工目睹资本制度的罪恶后，出于对资本家的憎恨，“平时便想，劳动家为何不联络起来一致罢工，要求管理权呢？”李维汉的思考则更为深刻，他在《勤工俭学研究发端》中写道：“十八世纪法兰西革命，把旧时文物制度一切推翻，而建设在科学的基础上，予我的思想言语上多少的自由；然同时又有资本家产出，来操绾社会经济的生命，以至于今日无产者、劳动者徒供资本家的利用，如同买卖的商品。”在这样的社会条件下，“一切不平等都带着十分或几分的经济压迫。选举运动、劳工运动、劳务运动、女子运动……差不多完全起于经济改革的要求”。因此，在资本主义制度下工人运动是必然会产生的，这是合情合理的。

认识到这一点之后，一些勤工俭学生开始对以工读主义为核心支撑理念的勤工俭学能否实现其目的进行思考。王若飞逐渐发现，勤工俭学的倡导者所描绘的诗意般的理想，在资本主义工厂的实践中只能是一种空想。他在日记中写道：“我非不知劳动为自己对人类应尽之一种义务，劳动为良心上平安的生活，劳动是愉快的事业，对于劳动而生痛苦观念，是很可耻的事。但是现在这种劳动，完全是替别人做事，拿劳力卖钱，不是自动自主的劳动，若认为安，则是现在的劳动运动，可以无须乎有了。”

更多的人开始意识到，“劳工神圣”不过是对现代社会的劳动的一种极为抽象的赞美。世界上并不存在抽象的劳动，在资本主义社会，劳动力不过是一种商品，工人只能靠出卖作为商品的劳动力生存。那种认为资本主义制度下的劳动能脱离商品交换的范围而存在的想法，在资本主义制度下是完全行不通的。

既然无产者要求社会变革的运动是合理的，那么，又要用什么样的理论来指导社会变革，以什么样的方式来实现这种变革呢？

对于这些问题，勤工俭学生的看法并不一致，甚至可以说分歧很大。代表性的观点有两类：一是用带有无政府主义特征的工读主义来指导社会变革，避免流血和社会震荡，达到人类平等；二是以马克思主义为指导，效法俄国十月革命，无产阶级夺取政权，实行无产阶级专政，最终实现世界大同。

勤工俭学运动本身就是工读主义实践化的产物，通过工读的方式来改良社会自然在学生群体中很有市场。一名勤工俭学生就认为：我们生在这个不好的社会，感受了许多的不平，那劳动界的人，反而生活卑陋，没有享受一点人生的幸福；那不劳动的人，反而生活丰厚，享尽了人生的幸福。因此，对现实社会，必须进行彻底改革。改革的办法是“要先使人类都受平等的教育，把智识与能力的阶级打破了，那其他的各种的阶级都会是迎刃而解的”。“若是人类的智识能力参差还远的时候，徒大声疾呼社会的改革、资本制度的铲除，我恐怕改革还没有告成，先已唤起社会的暴动，将来生出反动出来，反而难得收拾。所以我主张根本解决，先从智识能力的平等着手，然后渐渐来铲除各种的阶级，作一个不战争、不流血的改革。”

与此同时，勤工俭学生大批到达法国时，一战已经结束，十月革命也已成功两年多了，苏维埃俄国虽然面临着协约国集团的军事干涉，但毕竟已经站稳了脚跟，给人气象一新的感觉。学生们可以从法国获得大量关于十月革命的消息，对共产主义运动发展动态的捕获也比国内方便快捷。

他们之中，也开始有人提出要以马克思主义作为改造世界的理论指导，其中最早最系统提出此类主张的就是蔡和森。

“猛看猛译”

在人类历史上，思想的启蒙往往需要先知先觉者，他们就像偷盗火种的普罗米修斯一样，为人类社会点燃思想的火花。经过一番曲折之后，这星星之火就能够呈燎原之势。

法国是资产阶级革命的圣地，也是启蒙运动的先发地，伏尔泰、孟德斯鸠、卢梭、狄德罗等启蒙时代的大师多是法国人，他们的思想最先在法国社会得以传播。

勤工俭学生对思想先驱的历史很熟悉，一百多年后，他们来到早已建立成熟共和政体、完成工业革命的法国，如启蒙时代的大师一般热情渴望知识和真理，希望为更多人的思想启蒙发光发热。

蔡和森是留法勤工俭学生中的佼佼者。他是湖南湘乡永丰镇（今属双峰）人，到法国时 25 岁，正是思想开始成熟定型的时候。蔡和森从小患有哮喘病，体质很弱。他学习刻苦努力，成绩优异。还在小学读书时，他的作文就深得老师和同学们的赞赏。他从小学起就有独立思考能力，从不人云亦云；涉猎也比较广泛，经常关心时政。他平时沉默寡言，一旦和同学讨论时事问题，便慷慨陈词、滔滔不绝，

蔡和森

发表的见解常常使同学折服。他读书废寝忘食，经常到图书室博览群书，有时研读入神，心不外驰，竟忘了上课时间。他具有深厚的爱国情怀，立志革新社会，还在湖南高等师范学校读书时，就曾经编写过《近百年来的国耻史纲》，痛述中华民族在近代的屈辱历史，在学校引发过师生的强烈反响。

蔡和森不是一个坐而论道的书生，而是一个知行合一的实干家。他以极大的热情组织湖南青年留法勤工俭学。

留居北京期间，他就曾努力追求改造中国的革命道路。他是新民学会会员中提出“效仿列宁”的第一人。他曾对毛泽东说：“吾人之穷极目的，惟在冲决世界之层层网罗，造出自由之人格，自由之地位，自由之事功。”他还说：“果为君子，无善不可为，即无恶不可为，只计大体之功利，不计小己之利害。墨翟倡之，近来俄之列宁颇能行之，弟愿则而效之。”

蔡和森进入蒙达尔纪男子公学读书后，起初计划“在法大约顿五年，开首二年不活动，专把法文弄清，把各国社会党各国工团以及国际共产党，尽先弄个明白”。后来由于哮喘病发作，兼之认为学校的功课太浅，满足不了他的求知欲，他没有去学校学习，而是每天到城里的杜吉公园，在这里一边锻炼身体一边自学。他找到了借助字典读报读书的办法自学法文，“日惟手字典一册，报纸两页”。这种学习法文的方法很奇特，完全是“聋哑式”的学习方法，不求听得懂、说得出，只求看得懂、译得出。

当时的法国，在俄国十月革命的影响下，工人阶级政党的组织已经建立，介绍马列主义的各种法文版的小册子也大量印行，社会思潮十分活跃。

蔡和森所在的蒙达尔纪地区在一战以前即由激进主义思想占据主导地位。一战以后，社会主义思想在这里得到了广泛认可和支持。宣传社会主义的报刊《人道报》《俄事评论》等在这里受到普遍欢迎，宣传马克思列宁主义的出版物在这里可以公开出版发行。这种宽松活跃的社会氛围，使蔡和森有条件通过读书看报接触到马列主义。

蔡和森的“聋哑式”学习方法很适合他这样的行动派，也取得了明显的成效。他的法语水平不断提高，从开始“看报渐有门径，各国社会运动消息，日能了解一二”，到捧着字典阅读马列原著，然后“猛看猛译”，并做了大量的读书笔记。在半年多时间里，他就译出马克思恩格斯的《共产党宣言》、恩格斯的《社会主义从空想到科学的发展》、列宁的《国家与革命》《共产主义运动中的"左派"幼稚病》《无产阶级革命和叛徒考茨基》等著作或其中的重要章节。

翻译的过程也是一个深化学习的过程，需要译者更准确地走进作者的精神世界，在对原著的解读中阐释作者的深奥思想。蔡和森在赴法之前，已经在国内受到过俄国十月革命的影响，对马克思主义的思想主张也有初步了解，但那毕竟只是对新思想的片段式了解，是不全面、不深刻，甚至是带有误读的。到达蒙达尔纪后，在迥异的语言和文化环境下阅读马克思主义经典文献和各种宣传性报道，得到的体悟自然不同。

经过较为系统地阅读和翻译马克思主义作家的经典原著，蔡和森对社会主义和列宁的建党学说有了深刻的认识，并运用马克思主义的立场、观点和方法观察世界形势，分析社会现象，思想开始成熟起来，见解也变得愈发深刻。蔡和森开始成为一名真正的马克思主义者，他确立起坚定的马克思主义信仰。

信仰的坚定缘于理论上的清醒。

蔡和森求学所在的法国的文化传统对促进他精神上的飞跃起到了潜移默化的作用。法国人天性浪漫，追求自由。自启蒙运动以来，法国人就形成了崇尚思想自由的传统，长期的共和政体和多党竞选的政治格局又为保障思想自由创造了有利条件。在蔡和森到达蒙达尔纪之前，马克思主义已在这片革命的热土传播了半个多世纪。马克思主义、自由主义、改良主义、无政府主义、工团主义、帝国主义等思想在法国社会长期共存、相互竞争，都有各自的信奉者和支持者。更为复杂的是，在宣称信奉马克思主义的政党和组织的内部，也存在不同的思想倾向。恩格斯去世以后，修正主义泛滥，第二国际形成了以列宁为代表的左派，以考茨基为代表的中派和以伯恩斯坦为代表的右派，不同派别的思想观点都在法国社会传播。各个派系经常在报刊上发表观点，进行争论。

蔡和森抵达法国的1920年，正是一个多元思想观念相互角力，马克思列宁主义的传播进入空前活跃期的年代。他在阅读报刊时感受到不同思想之间的交锋，而这有利于他在翻译马列主义原著时进行比较辨析，从而更直观更深刻地体会到马克思主义的真理力量。

蔡和森的妻子向警予也给予他很大帮助。两人结婚之后，向警予主动帮助蔡和森搜集资料，一起研讨当时国内外形势和社会上流行的各种思潮。这种沐浴在爱情光泽中的交流讨论和思想激荡，也促进了蔡和森在理论上的成熟。

04

真理的扩散与传播

人类思想史的经验告诉我们，真理最初往往掌握在少数人手中，但其发挥作用却需要更多人的践行。真理一旦被发现，就会被人扩散和传播，这是一个十分自然的过程。在追寻真理的道路上，蔡和森并不孤独，绝大多数参加留法勤工俭学的学生都是热血青年，他们深受五四精神的洗礼，都渴望发现真理、掌握真理、运用真理。青年们在认识上可能有先后之别、快慢之分，但如百川归海一般，最终会殊途同归。

蔡和森是新民学会的重要成员，与其他新民学会留法会员有着密切联系。新民学会先后赴法勤工俭学的会员多是学会的负责人或骨干成员。由于萧子升忙于华法教育会的事务，住在蒙达尔纪的蔡和森实际上成为新民学会在法的负责人。出于对新民学会建设和会员发展的考虑，留在国内的毛泽东曾提出："一会友的留学及做事，应该受一种合宜的分配，担当一部份责任，为有意识的有组织的活动。""应该常时开谈话会，讨论吾侪共同的目的，及达到目的之方法。"

1920 年 4 月 1 日和 4 月 4 日，毛泽东连续两次从北京致信在法国的萧子升等人，希望会友注意力戒虚浮，不出风头。5 月 8 日，毛泽东在上海半淞园主持召开会议，进一步提出新民学会“不设分会”，“巴黎等会友较多之处，可组织学术谈话会，定期会集”。会后第二天，萧三启程赴法勤工俭学，他到达蒙达尔纪后，把会议的决定转告给蔡和森等人。此时，蔡和森已经“猛看猛译”了几个月，也在考虑召开会议寻求留法会员的共识，毛泽东的想法与他不谋而合。他随即决定在蒙达尔纪召开一次大会，详谈一切，并决议共同及分工读书做事的方针。

1920 年 7 月 6—10 日，留法新民学会会员和勤工俭学励进会的会员贺果、颜昌颐等人在蒙达尔纪公学举行会议。会前，蔡和森把自己所译的《共产党宣言》贴在墙上，供大家阅读。会上，蔡和森提出以“改造中国与世界”为新民学会方针，得到与会者的一致赞同。会议还接受了毛泽东的一些主张，对学会在法的活动方式作出规定，“会务进行，注意潜在，不出风头”；“如有同志活动之必要时，可新组一会，以新民会员全数加入亦可”；“在法同志，亟谋合居共学”，先分别在蒙达尔纪等地合住一处，“合居后每日定时学术谈话会一次”，并分工阅读多方面的法文书报。根据这个决定，集中居住在蒙达尔纪的会员进行了分工：蔡和森主要研习《人道报》《俄事评论》，陈绍休、李维汉“分担合社（协社）主义”，萧三“看第二第三万国社会党出版物”，熊光楚看《社会伦理》《社会哲学》，向警予、熊季光看《妇女声》《女权报》等。

蒙达尔纪会议并不是一帆风顺的，当会议讨论到改造的方法和道路时，与会者产生了严重分歧，出现了革命和改良两种主张：一派以蔡和森为代表，主张“组织共产党，使无产阶级专政，其主旨与方法多倾向于现在之俄”；一派以萧子升为代表，声明“不认俄式（马克思式）革命为正当”，主张“温和的革命——以教育为工具的革命”。两派在会上展开了一场论战。蔡和森以雄辩的发言，得到大多数与会者的拥护，并使得一部分原来信仰无政府主义的会员改变观点，转而信仰马克思主义。原本主张工读主义的萧三回忆，经过与蔡和森的激烈争论，他改变了想法，开始加强马列主义著作的阅读。

蒙达尔纪会议在传播马克思主义方面具有里程碑意义，它实现了真理从先知先觉者到新民学会群体的传播。但蔡和森并没有止步于此，他身体力行，在更大的范围内传播真理。

蔡和森在促成勤工俭学励进会改组为工学世界社方面发挥了重要作用。1920 年 2 月由张昆弟、李维汉等发起成立的勤工俭学励进会最初受到无政府主义思潮的影响，不少成员信奉无政府主义。蔡和森主动与这个组织的成员谈话，帮助他们克服无政府主义的影响，转而信仰马克思主义。1920 年 8 月勤工俭学励进会改组为工学世界社后，住在巴黎附近的新民学会会员俱为该社成员。这个新团体的宗旨与勤工俭学励进会相比发生了明显变化，在实行工读主义的相关主张之上，增加了如何改造中国与世界的论题。

李维汉曾经回忆：“我有机会集中阅读了和森以‘霸蛮’精神从法文翻译过来的《共产党宣言》《社会主义从空想到科学的发展》《国家与革命》《无产阶级革命和叛徒考茨基》《共产主义运动中的‘左派’幼稚病》和若干关于宣传十月革命的小册子。此外，我同和森做了多次长谈，涉及范围很广，包括欧洲革命斗争形势、俄国十月革命经验、布尔什维克与孟什维克的区别、共产国际的性质与任务、第三国际与第二国际的决裂等等内容。通过阅读和谈话，我深知只有走十月革命的道路才能达到‘改造中国与世界’的目的。”

陈毅和蔡和森是蒙达尔纪男子公学法语补习班的同学，他与蔡和森相交甚好，因此认识了一批新民学会会员。1920 年春，陈毅进入施耐德公司设在巴黎郊区的一个工厂当杂工。同年 8 月，他加入工学世界社，常常和蔡和森、李富春、蔡畅、李维汉等一起讨论中国的前途问题，后来他回忆，当时“在我们这个地区鼓吹马克思主义最力者是蔡和森。我们在一起讨论问题，我很赞成他的主张，并开始读了《共产党宣言》”，“逐渐接受了马克思主义，认识到搞无产阶级革命的光明前途”。

1920 年 12 月下旬，工学世界社召开第一次年会，蔡和森作了长篇谈话，主张无产阶级革命、社会大革命，批判以无政府主义为理想的乌托邦主义，对于宣传真理起到了很好的作用。大家最后进行表决时，“各个对现社会都不满足，都以为要革命才行”。李维汉、萧三等“有些从前赞成无政府主义及怀疑马克思主义的，现在以研究之所及，大都改过来了”。

05

跨洋思想共振

蔡和森在蒙达尔纪“猛看猛译”的同时，远在中国的毛泽东也在苦苦追寻真理。在那个通信技术没有今天这么发达的年代，两个人的交流是通过信函进行的。由于相隔重洋，信函往往需要数月才能收到，但这并不妨碍思想的相互启发和用以指导实践。就这样，两位站在时代潮流中的杰出青年以慢节奏的交流方式分享对人类文明最先进思想成果的心得体会。

早在 1914 年，在湖南省立第一师范学校读书时，蔡和森就和毛泽东相识，结为志同道合的挚友。两人志向远大、气度恢弘，胸怀报国救民之心，兼具组织领导之才，崇尚知行合一的实干。两人经常一起研究学问、畅谈国事，还在假期进行游学以接触社会、了解民情。两人都是新民学会的发起者，并发挥着重要的领导作用。两人都曾为赴法勤工俭学奔走出力，并为湖南学子的参与做了大量奠基性工作。五四运动以前，湖南一帮先进的青年就盛称毛、蔡，并奉之为表率。

与蔡和森漂洋过海最终落脚在蒙达尔纪进行理论探索不同，毛泽东这个时候主要是在实践中摸索真理。但是，现实并不如人所愿。

毛泽东最初主张用平民主义打倒强权统治，但不赞成暴力革命，倾向于用克鲁泡特金提倡的温和改良方法来实现目的。1919 年，他在《湘江评论》的创刊宣言中提出："主张群众联合，向强权者做持续的'忠告运动'，实行'呼声革命'——面包的呼声，自由的呼声，平等的呼声，——'无血革命'。"但是，《湘江评论》存在没有多久，就被军阀张敬尧以"宣传过激主义"的罪名强行查禁了。毛泽东组织领导的湖南学生联合会也遭到解散。

1919 年 11 月，毛泽东试图重建湖南学联时，再次遭到张敬尧的武力阻止。张敬尧的倒行逆施在湖南引起众怒，毛泽东与新民学会会员，联合社会各界发起驱张运动。12 月，他率领驱张代表团到北京，向北洋政府控诉张敬尧的罪行，受到全国舆论的高度关注和支持。最终的结果是张敬尧被其他军阀驱走，但湖南仍然处于军阀的控制之下，毛泽东主张的平民主义化为泡影。

正当毛泽东在北京迷惘的时候，他发现社会主义在青年学生中十分流行。随后，毛泽东热心搜罗并阅读了一批著作，其中既有刚翻译过来的《共产党宣言》，也不乏其实质是宣传各种版本的无政府主义和工读主义的书籍。毛泽东对这些杂乱纷呈的主义和学说，"都还没有得到一个比较明了的概念"。1920 年 5 月，毛泽东来到上海，与新民学会会员彭璜、张文亮等一道身体力行工读主义，他们租了几间房子，共同做工、共同读书，有饭同吃、有衣同穿，毛泽东担任洗衣服和送报纸的工作。但是，由于脱离了社会实际，毛泽东他们的工读实践很快归于失败。为欢送即将赴法的新民学会会员，毛泽东还在上海主持召开了著名的半淞园送别会，对新民学会的建设提出了设想。

1920 年 5 月 8 日，毛泽东等新民学会会员在上海半淞园聚会，欢送次日赴法的会员。左一为萧三，左七为毛泽东

毛泽东在上海进行改造自己进而改造社会的实践时，陈独秀正在这里筹建中国共产党早期组织。之前就与陈独秀相识的毛泽东前往拜会陈独秀，这次与陈的会谈对毛泽东的思想产生了很大影响。他后来回忆说："我第二次到上海去的时候，曾经和陈独秀讨论我读过的马克思主义书籍。在我一生中可能是关键性的这个时期，陈独秀表明自己信仰的那些话给我留下了深刻的印象。"但这个时候，毛泽东并没有彻底放弃改良主义的想法，他用很大的热情推动湖南自治，这是一个比工读互助更大的试验。

大致是这个时候，毛泽东收到了蔡和森于 1920 年 5 月 28 日写给他的一封信。蔡和森除了明确赞同新民学会"不为浮游于大码头

1920 年 7 月，留法的新民学会会员在蒙达尔纪举行会议，讨论发展方针和改造中国道路的问题

的文化运动”，其发展应“尽其可能扩大，同时尽其可能严格”，还建议毛泽东在长沙极力教小学，认为“两年之中，会友能办到百人教书，最好没有”。蔡和森此时把办学看得极重，建议毛泽东在驱张运动结束后首先要聚精会神办小学，在小学文化运动以外，还

应注意劳动的文化运动。写这封信的时候，蔡和森正在密切关注和翻译各国社会运动的消息，但还没有完成，他对马克思主义的认识也没有臻于成熟，对毛泽东的建议仍然着眼于改良主义。

1920 年 7 月的蒙达尔纪会议召开后不久，萧子升等人就把会议的不同意见写信告诉了毛泽东。8 月 13 日，蔡和森给毛泽东写了一封信，此时他已经明确转向马克思主义，开始大力提倡社会主义。

蔡和森在信中说："我近对各种主义综合审缔，觉社会主义真为改造现世界对症之方，中国也不能外此。""我现认清社会主义为资本主义的反映。其重要使命在打破资本经济制度。其方法在无产阶级专政，以政权来改建社会经济制度。"他认为要实行社会主义，必须要效法苏俄，开展阶级战争，建立无产阶级专政。他还计划于当年冬天联络新民学会、少年中国学会等组织的留法成员，召开一次联合讨论会，"我将拟一种明确的提议书，注重'无产阶级专政'与'国际色彩'两点。因我所见高明一点的青年，多带一点中产阶级的眼光和国家的色彩，于此两点，非严正主张不可"。"将来讨论如得一致，则拟在此方旗鼓鲜明成立一个共产党。"蔡和森向毛泽东介绍了 1919 年共产国际的成立和发展情况，并提醒毛泽东："我意中国于二年内须成立一主义明确，方法得当和俄一致的党，这事关系不小，望你注意。"

一个多月后的9月16日，蔡和森再次致信毛泽东，他的认识又进了一步。他认为，"现在世界显然为两个敌对的阶级世界，学说亦显然划了鸿沟"。他运用马克思主义的立场观点方法分析了俄国革命和德国革命的区别，得出了简洁有力的公式："俄社会革命出发点 = 唯物史观。方法 = 阶级战争 + 阶级专政。目的 = 创造共产主义的社会；无阶级无反动社会组织完成世界组织完成（列宁及共产党屡次如此宣传时），取消国家。"他抨击主张"以德为师"的改良主义，认为"张君劢以中产阶级的反动眼光及贤人眼光观察俄国革命……对于中国主张的八条，不马不牛，这种冬烘头脑，很足误人"。他斩钉截铁地说："阶级战争的结果，必为阶级专政，不专政则不能改造社会、保护革命。"

此时的蔡和森已经清楚地认识到，政治解放和经济解放是分不开的，无产阶级只有取得政权，才能得到经济解放。他运用半年多来勤学苦读所得观察国际共产主义运动的发展，分析欧洲各国左翼政党的动态，认为"世界革命运动自俄革命成功以来已经转了一个大方向，这方向就是'无产阶级获得政权来改造社会'"。为了挽救苦难深重的中国，必须"明目张胆正式成立一个中国共产党"，否则"民众运动、劳动运动、改造运动皆不会有力，不会彻底"，而且"一定要经俄国现在所用的方法，无产阶级专政乃是一个唯一无二的方法"。

蔡和森不愧是把握时代脉搏的有识青年，他在蒙达尔纪的这些主张，使他成为当之无愧的在建党前第一个为“中国共产党”命名的人。他因此收获了历史声誉。可以想象，蔡和森在向毛泽东分享心得时显然有一种巨大的发现真理的愉悦感，以至于他洋洋洒洒数千言写到没有信纸了。此时的他，显然已经摆脱了工读主义和无政府主义的束缚，开始在新的思想天地里遨游。

06

共识和同志

蔡和森和毛泽东的跨洋思想共振，为马克思主义同时在留法勤工俭学生和国内先进青年中传播创造了有利条件。

蔡和森在奋笔疾书致信毛泽东的时候，毛泽东正在湖南进行“湖南自治”的试验。

当时军阀割据、国家分裂，地方自治或联省自治的思想非常流行，这种思想的实质仍然是改良主义。1920 年 10 月 10 日，长沙近两万群众冒雨上街游行，向湖南督军谭延闿递交了毛泽东起草的《请愿书》，要求迅速召开人民制宪会议。谭延闿接下了请愿书，但事后却对群众所提各项要求断然拒绝。同年 11 月，取代谭延闿为湘军总司令的赵恒惕，直接使用高压恐怖手段，取缔了湖南自治运动。改良实践的再次失败迫使毛泽东放弃了对社会改良的幻想。1920 年 11 月 25 日，他致信新民学会会员，明确表示：“政治改良一途，可谓绝无希望。吾人惟有不理一切，另辟道路，另造环境一法。”他认为，新民学会应该“变为主义的结合才好”，“主义譬如一面旗子，旗子立起了，大家才有所指望，才知所趋赴”。

大概是在这个时候，毛泽东再次收到了蔡和森写给他的信。结合亲身经历的认真研读，往往更能促进思想的飞跃和成熟。12月1日，他致信蔡和森、萧子升和其他新民学会留法会友，针对蒙达尔纪会议引起的争论，他明确表态：“我于子升和笙（李维汉）二兄的主张，不表同意。而于和森的主张，表示深切的赞同。”鉴于自己试图通过温和改良改造社会的失败经历，他认为改良主义在“理论上说得通，事实上做不到”。他感慨说：“历史上凡是专制主义者，或帝国主义者，或军国主义者，非等到人家来推倒，决没有自己肯收场的。”“俄国式的革命，是无可如何的山穷水尽诸路皆走不通了的一个变计，并不是有更好的方法弃而不采，单要采这个恐怖的方法。”

蔡和森和毛泽东没有停留在思想探索的层面上，两人很快就将真理付诸实践。

在1920年召开的工学世界社第一次年会上，接受马克思主义来改造中国与世界成为与会者的共识。1921年1月，新民学会新年大会在长沙潮宗街文化书社举行，毛泽东、何叔衡、彭璜、周世钊等十余人参加。会议主要讨论了“新民学会应以什么作共同目的？”“达到目的需采用什么方法？”“方法进行即刻如何着手？”等3个问题。毛泽东首先向与会会员介绍了留法会友对这3个问题讨论的结果。

在第二天的会议上，大多数人赞同学会应以“改造中国及世界”为目的。在讨论采用什么方法时，毛泽东根据蒙达尔纪会议的争论情况，列出了五种方法：一、社会政策；二、社会民主主义；三、激烈方法的共产主义（列宁的主义）；四、温和方法的共产主义（罗素的主义）；五、无政府主义。他逐一分析了这五种方法的优劣，肯定“急烈方法的共产主义，即所谓劳农主义，用阶级专政的方法，是可以预计效果的。故最宜采用”。经过长时间讨论，赞成采用布尔什维克主义的有毛泽东等12人，赞成社会民主主义的有2人，赞成温和方法的共产主义的有1人，未定者有3人。

长沙的这次会议，意味着在国内的多数新民学会会员也转而认同马克思主义，新民学会开始成为奉马克思主义为主要信仰的革命团体。

1921年1月21日，毛泽东回复蔡和森说：“唯物史观是吾党哲学的根据”，“你这一封信见地极当，我没有一个字不赞成。党一层，陈仲甫（陈独秀）先生等已在进行组织”。2月11日，蔡和森在蒙达尔纪致信陈独秀称：“和森为极端马克思派，极端主张：‘唯物史观’‘阶级战争’‘无产阶级专政’，所以对于初期的社会主义，乌托邦的共产主义，不识时务穿着理想的绣花衣裳的无政府主义，专主经济行动的工团主义，调和劳资以延长资本政治的吉尔特社会主义，以及修正派的社会主义，一律排斥批评，不留余地。以为这些东西都是阻碍世界革命的障碍物（其说甚长兹不能尽）；而尤其深恶痛绝掺杂中产阶级思潮的修正派，专恃议院行动的改良派，动言特别情形特别背影以及专恃经济变化说的投机派，以为叛逆社会党、爱国社会党，都是这些东西的产物。”

这封畅快淋漓的信表达出蔡和森对马克思主义的坚定信仰和对各种改良主义的猛烈批判，爱憎分明，溢于言表。

“天下同归而殊途，一致而百虑。”

1920年，在欧亚大陆两端的蔡和森和毛泽东以各自的方式进行艰辛探索，到当年底，他们最终实现了放弃改良主义、拥抱社会主义的思想飞跃。他们达成了在中国组建共产党、走苏俄道路建立无产阶级专政、通过暴力革命夺取政权、实现民族和人民解放的思想共识。在那个风雨如晦的年代，有如此认识的青年实属凤毛麟角。

1920 年 1 月，蔡和森和毛泽东共同的老师杨昌济病逝，他生前就极为欣赏这两位学生。他果然没有看错，两位湖南青年通过书信交流很快取得了思想共识，他们要用马克思主义改造中国。

39

历练

青春的呐喊与抗争

01

生存危机

1920 年 10 月以后，一度较为顺利的留法勤工俭学运动急转直下，开始陷入困境。当年冬天，法国出现失业潮，中国留法勤工俭学生首当其冲。

多数勤工俭学生经济状况脆弱，来法做工的时间较短、工资偏低，没有多少储蓄。失业即断了收入来源，他们的经济状况进一步恶化。

出现失业潮的直接诱因是法国的经济萧条。一战给法国带来了巨大损失，法国东北部本是采矿、冶金和纺织工业中心，但在战争中成为西线主战场，破坏极为严重，几乎成为一片瓦砾，短期内难以恢复。战后，600 多万曾经服役于军队的劳动力需要安置，由于受到政府的特殊照顾，他们重新进入劳动力市场必然会冲击本就不多的就业岗位。

法国财政和金融状况的恶化使情况更为糟糕。战争期间，为了支付巨额军费开支，法国的财政赤字居高不下，法郎连续贬值，通货膨胀比较严重。战后初期，索取德国赔款还在外交议程之中，因国际博弈而进展迟缓，法国主要依靠集中国内资金进行战后重建。大量伤亡士兵及其家属需要政府提供抚恤金等各类救助，政府因此不仅不能削减反而要扩大财政开支。为了弥补赤字，政府只能继续举借国债和滥发纸币，使通货膨胀日甚一日。由此造成的结果是燃料、原料、粮食的不足，价格不断上涨，一些中小工厂无利可图，只能缩小生产规模、停工，甚至倒闭，这又使就业的情况雪上加霜。

严重的通货膨胀对勤工俭学生的打击十分严重。1920 年夏天以前，每公斤面包价格为 50 生丁；入秋之后，由于通货膨胀加剧，面包多次提价，每公斤已经达到 1 法郎 75 生丁；1921 年初，每公斤更是涨至 2 法郎 25 生丁。面包尚且如此，其他生活开支如房租、交通费用等也成倍增加。比起战前，房租、伙食费、被服费上涨四倍，学费上涨两倍多，书籍费上涨两三倍。可以想象，初到法国不过一年多，日工资仅有 10 法郎甚至 5 法郎的多数勤工俭学生，面临如此的生活重压，是如何在绝望中艰难度日的。有的学生拿到工钱后把一天的食物分作三天来吃，也有的学生不买雨具，穿着湿衣服干活。

由于来法青年的不断增多，而觅工觅校越来越不容易，多数学生陷入做工无处、求学无门、饥寒交迫的境地。远在异乡，国内鞭长莫及，他们只能把全部的希望都寄托在华法教育会身上。寄宿在巴黎华侨协社的勤工俭学生人越来越多。1920 年冬季之后，华侨协社的布棚已经成为学生们的栖身之所。布棚原为学生候工所设，设置之初，常住人数不过 30 多人，但到了此时，常住人数已有二三百。

一个四川籍的学生在 1921 年写道，学生“麇集于华侨协社，席地而眠，开栓（自来水管龙头）而饮；衣敝鞋穿，形同窭子；举目无亲，托钵无门”。曾在布棚住过的何长工也说：“当时没有房子住，只得住在华法教育会院内临时搭起的帐篷里。几十个人挤在一起，躺下去动也不能动，翻身还得喊口令。”“学生们自己开火，买不起炊具。由于面包昂贵，我们多数吃的是土豆和豆饼，加上燃料紧张，土豆烧的不熟，豆饼煮的不烂，吃了不易消化，有的病倒了，有的甚至死去。”后来在解剖因病死亡的学生时发现胃里面全是一个个球形的土豆，像是铁疙瘩。

越来越多的学生不得不依靠向华法教育会借贷度日。一些学生的借款额超过 500 法郎，最高者甚至超过 1000 法郎。失业而又无储蓄的学生每人每日借贷 5 法郎，每 10 天领取一次。有些一贫如洗而又不住在布棚的学生，为了节省 1.6 法郎的电车费，往往推举代表将贷款集体领回。此时的勤工俭学生，确有度日如年之感。

随着需要救济学生的增多，华法教育会也越来越感到力不从心。

华法教育会不是一个官方机构，没有财政拨款，它的主要经济来源为国内社会名流或政界要人的捐赠，也有会员按期缴纳的会费。它的周转资金中，还有一部分是勤工俭学生的存款。1920 年 10 月前的 15 个月，华法教育会的经费开支为 4.8 万法郎，贷款为 46 万法郎，而 1920 年 11 月到 1921 年 1 月仅仅 3 个月，它的经费开支便达到 4 万法郎，贷款达到 32 万法郎。按月平均计算，经费开支增加了三倍多，贷款增加了两倍多。从 1919 年 4 月至 1921 年 1 月，华法教育会共借给勤工俭学生维持费达 82 万法郎。为了发放 1921 年 2 月维持费，又不得不挪用捐助里昂大学的款项 30 万法郎。显然，这种状况无法长期持续下去。

在严酷的经济形势下，华法教育会和勤工俭学生之间的矛盾迅速激化。本来，华法教育会的组织管理就存在一定缺陷。

在宣传、组织留法勤工俭学时，华法教育会的负责人，特别是李石曾和吴稚晖片面追求数量，在法国已出现经济萧条的情况下，不及时中止国内青年的赴法热潮。直到 1920 年 12 月，华法教育会才宣布停止办公 6 个月，一概拒绝学生入会。在运营、管理上，华法教育会的法方负责人及办事人员基本没有参与勤工俭学生的安置，中方的吴稚晖、蔡元培等人长期待在国内，能够在法国操持会务的只有李石曾和几个志愿人员。对于学生极为关心又直接关系勤工成败的介绍工作事宜，华法教育会长期只有一两个人负责，远远不能满足实际需求。想要换工作的学生不能如愿，新到的学生又催促很急，致使拖延应付的事时有发生。

1920 年 8 月 10 日，少数学生在巴黎中国领事馆殴打华法教育会学生事务部工作人员刘厚，其重要原因就是其介绍工作、更换工作以及安排接待不周。这件事发生时，华法教育会的负责人竟然都不在巴黎。10 月下旬，刘厚辞职，由李光汉负责学生事务部。但为学生介绍工作情况不仅没有好转，反而每况愈下。

勤工俭学生最不满的是华法教育会职员贪污学生补助款一事。刘厚主事时期，华法教育会会计的许多账目就不清楚，学生们屡次要求公布账目，但都遭到拒绝，这就更加引起学生们的怀疑。例如，尽管 1920 年 4 月《旅欧周刊》就刊登了湖南省政府捐赠勤工俭学生 10 多万法郎补助款的消息，可是直到 1921 年，华法教育会才开始发放这笔款项。另外，他们还把北京侨工局免费分配的法语会话教材，也算作华法教育会购买的东西，做了 4200 法郎的预算。此类事件，还有许多。

在勤工俭学生处于困难的时期，华法教育会的职员态度傲慢，部分领导者也对学生的不满充耳不闻，没有迅速采取措施。1920 年 6 月，吴稚晖以视察名义来到法国，他盲目听信了华法教育会职员以勤工俭学生要求“调换工作”的信件为把柄捏造的污蔑之词，认为“学生们既不勤工，又不俭学，只知胡闹”。他还严厉申斥了那些对华法教育会职员流露出不满的学生，声称“勤工俭学生好坏不齐”。

1921 年 1 月初，华法教育会会长蔡元培抵达巴黎，他的到来，使久处困顿、饥寒交迫的学生燃起了希望。抵法之后，勤工俭学生和华法教育会职员都向他倾诉苦水，请求解决问题。蔡元培的本意是调解两方面矛盾，但学生们却希望他能解决勤工俭学生的前途。蔡元培无力无心解决这个难题，于是决定尽早停止留法勤工俭学运动。他致电北京的教育部，表示“维持彼等生活、挪借经费，为数甚巨，万难继续，现已绝粮”，“祈立即阻止各省遣送勤工俭学生”。

1921 年 1 月 12 日和 16 日，蔡元培两度向全体勤工俭学生发布通告，强调华法教育会“本无基金，又无入款，其付与学生之维持费，均由他处辗转腾挪而来。此种办法，断难持久”，宣布“华法教育会对于俭学生及勤工俭学生，脱卸一切经济上之责任，只负精神上之援助”。蔡元培在发布通告后又宣布了三项决定：工厂做工者辞出工厂后一律不再发放维持费；对于在学者二月底后也将停借学费；今后概不发放任何贷款。

华法教育会发布的两次通告，完全出乎勤工俭学生的意料，在留法学界引起了极大震动。它完全断绝了学生对华法教育会的依赖，这虽然对促进学生的自立自强有积极作用，但在学生处于困难的时期采取这一举措，不免给人以脱卸责任、不愿担当之感，在客观上它将面临困境的学生推向了恐慌的境地。

勤工派与蒙达尔纪派的意见分歧

1921 年 1 月华法教育会发布的两个通告，是留法勤工俭学运动史上的重大转折点，它标志着华法教育会自动放弃了对运动的领导权和控制权，使运动开始转向留法勤工俭学生自己出面领导。

在这个寒冷的冬天，留法学生经历了从希望到失望，甚至是绝望的心路历程。他们开始认识到，这个世界上并不存在救世主，只能依靠自己继续前进。由此，留法勤工俭学运动进入一个新阶段。

华法教育会的举措，给不少勤工俭学生以相当的打击。通告发布前后，刚刚抵达巴黎的勤工俭学生约有 400 人，他们不禁大惊失色、人心惶惶。一个学生写道："我们这地方的同学，无论是勤工还是俭学，先都发了慌了"，"像我们这举目无亲、又没有朋友的，又怎么办呢？"另一个学生也写道："通告发出之后，遂起勤工俭学界之大恐慌，除一部分在工厂作工者外，其余在学校读书及候工者，皆因无人接济，大为着急。"在恐慌之下，有学生因绝望而自杀，有学生因忧虑而精神失常。

还在华侨协社内栖身的学生，在即将断炊的压力之下急于找到工作。华法教育会偶尔得到一两个杂工或临时工的岗位，急于做工的学生也不问工种如何，前往报名者动辄数十或百余人，大家争先恐后，甚至斗殴，最后只能抓阄决定谁去。一些新近失业而又领不到维持费的学生，则成群前往驻巴黎领事馆领取维持费。已经走投无路的学生称他们在进行一场“面包战争”，既然华法教育会与他们断绝了经济关系，那么他们就只能前往中国驻法公使馆和驻巴黎领事馆，把这里作为“总面包公司”。

勤工俭学生不能坐以待毙，他们开始寻求自救。

1921 年 1 月 23 日、24 日，尚在学校、工厂的学生和居住在华

华侨协社坐落在巴黎西郊的哥伦布市德拉普安特街 39 号。1919 年 8 月 31 日该社正式成立后，华法教育会、勤工俭学会、华工工会等十几个社团设入其中

侨协社的学生，分别选派代表在华侨协社内聚议，讨论如何解决当前和将来面临的困难。26日，代表们继续开会，请中国驻法公使馆、驻巴黎领事馆、华法教育会和中国留欧学生监督给中国政府致电，要求每年每人筹津贴4000法郎，维持学生勤工俭学，以4年为限。此次会议还推举钟巍、汪泽楷等6人为驻留巴黎总代表，负责交涉，并筹备组织勤工俭学学生会。31日，6名代表联名发出通知，要求分散在各地的勤工俭学生迅速组织勤工俭学分会，为日后正式成立全法勤工俭学学生会做好准备。在法国各地的学生开始行动起来，2月，劳动同盟、劳动学会、勤工俭学互助团等带有自救性质的团体纷纷成立，同时，四川旅法勤工俭学会、湖北留法学会等以国内省名命名的团体也开始出现。

但是，学生们在分析勤工俭学现状和寻找脱困之道方面，却存在较大分歧。这种分歧由来已久，早在勤工俭学之初就存在肯定、否定和质疑等不同声音。进入1920年冬季之后，关于勤工俭学是否成功的争议进入白热化。华法教育会宣布与勤工俭学生在经济上脱钩，直接促成了持不同倾向的学生提出不同的方案，主要有勤工派提出的继续勤工方案和蒙达尔纪派提出的要求官费资助方案两种。

勤工派的主要代表人物是赵世炎、李立三、王若飞、徐特立。1920年12月31日，赵世炎、李立三等勤工俭学生给华法教育会写了一封联名信，他们认为，自勤工俭学实行以来，做得很好的占少数，始终没有找到位置的，或找到位置又失掉、频繁更换工厂的占多数。他们认为，问题的原因在于“来法的实行勤工同学都是些工业门外汉，在国内不但没有工业的经验，连工具都不曾见过。法国工厂虽多，位置也广，但一个工厂有一个位置，只能拿来招一个工人，用一个工人就要靠他出一分利息来，那工业门外汉的学生，岂不是对于工厂只有牺牲毫无利益吗？资本家哪个不是想赚钱？谁肯牺牲工资材料去用门外汉？因此才生出找工的困难”。他们的结论很明确：“归根结底，所有一切苦难只不过从‘不会作工’生出来的。”

王若飞也认为，学生难以寻觅工位的部分原因在于少数勤工俭学生不能吃苦耐劳，使华法教育会在给学生介绍工作时产生了困难：“先入厂的同学中，有三五人不能遵守工厂作工时间，厂门已闭，方往叩门，又作工时因怕冷怕痛，或带手套，或以一手插荷包内，单用一手动作，这些情形，映入厂长眼中，自然不快，虽不便即行辞退，然而对于以后的，遂拒绝不收了。”

对于蔡元培发布的通告，勤工派表示能够理解。李立三就认为：“勤工俭学的发生，实由华法教育会的提倡与介绍。因有这母性的关系，所以前日的勤工俭学遂完全依赖华法教育会的养育。”实行一段时候后，“譬如小儿到了成年，便应该自谋生活，独立创造，无依赖家庭之必要，亦无依赖之可能”。

对于解决之道，勤工派认为继续勤工是渡过难关和解决勤工俭学生技能不足问题的关键所在。赵世炎就主张“我们本来的根基就在勤工，现在根基动摇，就因为没忠于勤工”，“我们只要能自工自读，比用民膏民脂好”。李立三也认为，勤工俭学的目的一定能达到，“纵令延长，也不过时间久暂问题，非可能不可能的问题”，“政府的金钱，即掠夺劳动阶级的脂膏汗血。我们若向之呼号求救，即是乞怜；若强迫维持，即是分赃”。徐特立表示“借目前人心易动的时候，鼓吹工厂的同学出厂，学校的同学莫做工，大家到巴黎向公使馆、领使馆出发，我是极端反对的”。

蒙达尔纪派主要包括在蒙达尔纪男女公学就读的部分工学世界社的成员，其核心是新民学会留法会员。华法教育会的通告发布后，蒙达尔纪派迅速作出反应，蔡和森、向警予、蔡畅、钟巍、李维汉等人于1921年1月中旬即散发了《蒙达尔纪勤工俭学同人意见书》，认为勤工俭学已经失败，做工不能够达到求学目的，学生的唯一出路是争取中国政府的经济资助以达到在法国俭学的目的，解决勤工俭学生的生存问题。

1921年2月，蒙达尔纪学校当局以拖欠学费为名强制学生退学，促使蒙达尔纪派采取激进行动。2月上旬，蒙达尔纪派先后发出数次通启，认为活生生的事实表明，在现时社会制度下不能实行工学；学生以国民资格要求政府代表维持生活及求学，就是争取学生的生存权及求学权；如果在2月28日以前没有具体解决，将组织学生到巴黎围公使馆及领事馆。蔡和森、李维汉等人在巴黎、菲尔米尼、蒙达尔纪等处奔走联络，以扩大蒙达尔纪派的影响，呼吁更多的勤工俭学生参与活动。

03

“二·二八运动”

华法教育会对学生们施加的压力无法无动于衷。在学生代表的催促下，华法教育会与中国驻法公使馆进行了数次会商，于1921年2月中旬提出了安置失业学生的办法：将失业学生及2月后无力入校的学生，暂时送入法国中等实业学校，学习期限为1年；由中国驻法公使馆向法国政府担保，1年内缴清学费，以作后来者流转补足之用；由中国留欧学生监督另订学生成绩检查规则。中国驻法公使馆还决定，先与法国政府交涉，然后再电达中国政府。此外，华法教育会还着手与法国工部及一些厂家联系，试图为失业的学生找工作。

但是，令人没有想到的是，此时北京政府的态度却令人心寒。

1921年2月11日，中国驻法公使陈箓与驻巴黎领事廖世功联名致电北京政府，请求政府火速汇款以解燃眉之急。但在2月16日，北京政府以教育部名义发回的电报称，因中央政费奇绌，按期筹款万难办到，令驻法使馆“查明志愿归国各生实系无力自给者，准予代购船票，遣送回国”。接到这个命令后，驻法公使馆于2月21日宣布，组建留法勤工学生善后委员会，要求所有无力自给的学生于3月1日之前自行向善后委员会报告，逾期不报者以后不得再有任何经济要求。

北京政府的态度和驻法公使馆的决定彻底毁灭了学生们的最后一丝希望，他们不得不采取行动了。

蒙达尔纪派围攻驻法公使馆的号召得到了响应。学生们虽然面临着困难，但大多不愿意前功尽弃，因而对“遣送回国”深恶痛绝，更多的人在恐慌之中决定参加行动。在巴黎的6名学生代表积极支持向驻法公使馆讨要说法。2月22日，菲尔米尼的勤工俭学生下工后开会，有7人赞同行动。翌日，他们分为3批，前往蒙达尔纪、枫丹白露和木兰等地联络。24日，木兰中学有12名勤工俭学生赞成行动并签名。

在蒙达尔纪，蔡和森、张昆弟、蔡畅、向警予、李维汉等人决定继续坚持原定的斗争方式和目标，他们“知维持费之难望继续，认定非直接行动，不能达到要求”。2月23日，蒙达尔纪派以留法中国学生的名义致函法国内务部长，表示由于得不到国内的援助，决定集合起来向中国驻法公使馆请愿，以获得继续居留法国的经费，完成学业；学生们没有扰乱公共秩序的意图，希望法国政府允许示威行动。2月26日，北大留法同学会、少年中国学会巴黎分会等6个团体出面，以第三方的身份在公使馆和勤工俭学生之间调停。在压力之下，驻法公使陈箓应允将临时维持至少延长至1921年3月。这一结果虽然比北京政府立即遣送回国的命令要好，但并不能让蒙达尔纪派满意。

2月27日，汇集到巴黎的学生在巴黎的一家大咖啡馆召开留法勤工俭学生代表大会，讨论是否接受调停结果。蒙达尔纪派在会上提出了请公使馆向政府请求每人每月给400法郎并持续4年，以及里昂中法大学无条件允许学生自由入校等要求。这个意见被大家接受。大会一致通过了驳斥对于勤工俭学运动的非难，提出有利于勤工俭学运动的“劳动权、求学权、生存权”的口号。会议决定次日到公使馆进行请愿。

2月28日8时左右，400余名勤工俭学生会聚在中国驻法公使馆附近的广场。此前，巴黎警察当局已经得知中国学生将举行请愿活动。由于当时法国禁止结队游行，参与此次活动的学生推举蔡和森、李维汉、汪泽楷、方敦元等11人为代表，进入公使馆与陈箓面谈。代表们要求陈箓每月给勤工俭学生400法郎，以4年为限。陈箓表示，此事需请示北京政府，公使馆无权也无经济能力满足学生的要求。代表们态度坚决，陈箓不应允这些条件绝不离开。到午后1点，在万般无奈之下，陈箓前往广场劝说学生，随行者有留欧学生监督高鲁及副领事李骏。

广场上人声鼎沸，学生们都坚持非每生400法郎每年，坚持4年不可。陈箓照例向学生们说，没有北京政府的决定他不能答复大家，甚至还说学生们应该同华法教育会交涉，前往公使馆是找错了地方。这时一个学生质问道：“你这个公使是干什么的？”陈箓反讥说：“什么都干，就是不管你们的事。”这话极大地激怒了学生。

愤怒的学生们向陈箓拥去，陈箓急于离开广场，在慌张之中连礼帽也掉了。他还是被学生包围，难以脱身。此时，早已在广场守候的法国警察上前解围，并护送陈箓回到公使馆。400多名学生打算拥向公使馆，但被法国警察以武力驱散。在这个过程中，少数学生遭受了警棍和枪托的毒打，幸而没有造成流血冲突。

广场上的学生虽然被法国警察驱散，留在公使馆内的学生代表仍然不肯离去。在陈箓等人的威逼下，代表们不为所动，表示不答应他们的要求，决不离开公使馆。到晚上 7 时左右，陈箓躲开代表，指示等候在外的法国警察进来将代表们强行带往警察署。法国警察随即介入，每位代表被两名法警以武力挟持到警察署。陈箓担心代表被捕将激起学生们的斗争意志，于是派李骏前往警察署请求释放学生代表。代表们反而感到这是激发人们斗争的机会，于是拒绝离开警察署。有 8 个人坚持到半夜，3 个人坚持到翌日早上，才离开警察署返回住处。

“二 · 二八运动”就这样失败了。它没有给勤工俭学生带来什么帮助，学生们的处境没有得到改善。许多勤工俭学生的头脑中盘桓着一个大大的问号：该何去何从呢?

04

中法社会各界的反应

在“二·二八运动”即将发动之际，留法勤工俭学运动陷入困境的情况终于引起法国政府的注意。

1921 年 2 月 12 日，中国驻法公使馆致函法国政府，说明中国勤工俭学生正处于经济困境之中，希望法国政府能够给予协助，让尚在学校、工厂的中国学生“暂时免于驱逐”，同时使中国驻法公使馆有在国内筹款的时间，同时还希望法国政府对于失业、失学的学生能够施加援手。随即，法国外交部派人前往公使馆，询问此次经济危机期间中国学生的状况，并表示愿意派人代为觅工，以安排失业学生，还向公使馆索取学生名册一份。此后，主要由蔡元培出面，先后与法国工部劳动司以及施耐德工厂交涉安排失业学生。留法勤工俭学生的问题终于引起了法国朝野的重视。

2 月 27 日，曾经给勤工俭学生捐献物资的法国参议员夫人提出愿意给在巴黎的 21 名中国女生一年维持费，每人 3600 法郎，分四季发给。21 名女学生全部签字，表示不参加请愿活动。

2 月下旬，中国驻法公使馆着手登记“自愿归国”的勤工俭学生，遣返学生被提上议事日程。

“二·二八运动”的发生，进一步提高了中国留法勤工俭学生问题的曝光度，使法国社会各界开始关注这一问题。目睹学生以群众运动的方式胁迫驻法公使的法国人，几乎都批评勤工俭学生扰乱了法国的社会秩序。一些和陈箓亲近的法国议员认为那帮中国学生，都是些要革命的人，非赶快想办法对付不可。但当报纸报道“二·二八运动”之后，法国舆论界却纷纷批评中国政府在尚未采取充分的救济措施时就提出强行遣返的方针。法国政府出于以法国技术、产品、文化影响一代中国青年，扩大法国在华利益的长远考虑，也明确反对北京政府及驻法公使馆的遣返措施。

面对勤工俭学生、法国政府和舆论的压力，驻法公使馆按照北京政府的命令和 6 个团体出面调停时与陈箓达成的协议，提出了三项解决办法：一、对业已入学者暂时在 3 月份给予 1 个月的补助；二、对失业者除每天发给生活费外，积极与法国工业界各团体交涉，设法安排就业；三、对志愿回国者给予费用准许归国。这三个办法也是陈箓和法国政府共同保证采取的长期对策。从 3 月开始，每天发给失业的学生 3 法郎的生活费（从 4 月份开始增加到 6 法郎）。当时参加斗争的聂荣臻就领到了 69 法郎的救济金。3 月 25 日，首批 40 余名“自愿归国”的勤工俭学生乘减价轮船离开法国回国。

随着“二·二八运动”的失败，勤工俭学生内部的纷争也尖锐化。蒙达尔纪派主张继续要政府给予津贴，勤工派主张由华法教育会再负责找工事宜。主张勤工的团体很快组成了勤工俭学期成会，并出版发行了《期成会周刊》。此举得到华法教育会和蔡元培的支持。勤工派还调查候工同学的确切人数，以团体的名义和法国工部交涉觅工，并将觅得的工位以广告形式张贴在华法教育会内，鼓励同学踊跃报名。勤工派还坚决反对接受来自国内官僚政客的捐款。蒙达尔纪派对勤工派的举措极为不满，他们继续宣传勤工俭学实不可能，号召坚持要求求学权和生存权。

“二·二八运动”虽然没有达到目的，却为勤工俭学生度过最艰难的时期争取了时间，并促使中国驻法公使馆和法国政府寻求长久解决办法。

由于法国政府的介入，部分工厂为候工学生提供了岗位。学生们所进的工厂，主要是施耐德公司在勒克勒佐的工厂。1921 年 2 月，有 20 名学生进入该厂；3 月，又有 11 名学生到来；5 月，又到散工 200 名。但由于工作过于辛苦，工资又低，许多人陆续离开了工厂。

勒克勒佐施奈德工厂。邓小平、李立三、赵世炎、傅钟等大批勤工俭学生曾在此做工

法国政府还采取外交部秘书布哈迪叶的建议，与中国驻法公使馆商量成立了中法留法青年监护委员会。这个委员会得到了法国铁工联合会、施耐德工厂、东方汇理银行等团体、企业的经济资助。该会的会长为法国驻外公使包宝乐，法方名誉会长由前总理、议员班乐卫担任，布哈迪叶为名誉副会长。中方名誉会长由曾在袁世凯手下担任交通总长、内务总长，作为访法代表团团长来法的朱启钤担任，陈箓担任名誉副会长。该会的日常事务，由布哈迪叶和陈箓等人负责。

中法留法青年监护委员会 1921 年 3 月开始工作，5 月 14 日在法国外交部召开第一次会议，确认委员会已经落实的经济来源为朱启钤的捐款，法国外交部、东方汇理银行以及远东贸易总公司等的资助。会议决定：定期归还自当年 3 月以后中国勤工俭学生在法国学校无力给付的全部债务；在没有经济来源的中国学生得到安置以前，继续发放原来由中国驻法公使馆给予他们的每天 6 法郎的维持费。

法国的经济形势未见好转，觅工难的问题继续存在，领取维持费的学生不断增加。6 月后，超过 400 人，至 8 月，超过 600 人。这种维持显然不是改变学生处境的根本办法。有人提议，发放维持费不如将学生送入学校，学生们在学校里既可学习法语，又可学习工业技能。而且当时法国工业实习学校一类的学校，收费低廉，每月仅需 100 余法郎。8 月 1 日，中法留法青年监护委员会宣布，准备将领维持费的勤工俭学生一律送入学校，随即将 200 余名勤工俭学生分送蒙达尔纪、圣夏蒙等公学。由于正值法国学校放暑假，暂时不能将勤工俭学生送入工业实习学校。一些在工厂做工的学生，听说有进入学校的可能，遂辞工赶赴巴黎，使领取维持费的人数再度增多。

正当勤工俭学生即将大批进入学校就读之际，风云突变，法国官方和中法留法青年监护委员会转变了态度。8月20日，委员会宣布，维持费发放至9月15日，其后中国学生的学习生活费用一概自负。这种转变的导火索是包括勤工俭学生在内的旅法华人发动的一场新的斗争。

05

拒款斗争

正当勤工俭学生在为争取维持费而斗争的时候，一项由北洋政府和法国官商两界主持的损害中国利益的借款正在筹划之中。

中法实业银行是法国在远东的主要金融机构，也是法国对远东进行经济侵略的支柱。一战期间，这家银行因在远东进行经济投机而获利颇丰。由于战后经济环境的变化以及经营上的失误，该银行陷入危机之中，被迫于 1921 年 7 月初宣布停业。这家有深刻政治背景和复杂经济关系的银行宣布停业，立即在法国政界和经济界引起震动。法国财政部长杜然，系中法实业银行竞争对手法国东方汇理银行的大股东，向来与中法实业银行总经理贝齐洛政见不同，所以乐见该行的停业，极不同意对该行提供救助贷款。但是，贝齐洛的弟弟当时任法国外交部秘书长，为了拯救其兄的银行，曾模仿法国总理的字迹发出挽救该行的三通电令。

其实，由该行停业引起的相互攻讦、腐败的丑闻，本来与中国没有任何关系。但是，在中法实业银行停业之前，该行的原负责人秘诺特出于谋夺该行控制权的考虑，提出了意图转嫁危机的对华借款计划。秘诺特密电曾任北洋政府财政总长、时任中国银行总裁的王克敏，嘱其推动北洋政府派人到巴黎与法国政府洽谈此事。而北洋政府的官僚政客为了讨好法国并趁机营私，委派交通系要员朱启钤、吴鼎昌赴法。

1921 年 6 月初，北洋政府专使朱启钤到达巴黎，他自称此行的任务是代表总统徐世昌接受巴黎大学颁发给徐的名誉博士学位。朱启钤到后不久，吴鼎昌也抵达法国，他们行踪诡秘以掩人耳目。在二人主持下，中法双方暗中商谈，提出所谓中国政府救济中法实业银行案，即中法实业借款。

中法实业借款的主要内容是：法国在中国发行中国国库券 3 亿法郎，将其中所得的 7500 万法郎交中国政府，2500 万法郎作为借款经手人回扣；2 亿法郎存入中法实业银行；中国政府担保中法实业银行营业 3 年，并以全国烟酒税、印花税及购买铁路、实业材料等为担保条件；中法实业银行在 3 年期内仍有亏损，由中国政府负责赔偿。从借款条件来看，这是一个严重损害国家和民族利益的借款。因而，朱启钤和吴鼎昌对此秘而不宣，有关洽谈极为隐秘。

中华民国成立以来，北洋政府屡次举借外债，带来的结果是兵连祸结、内乱频仍。

1913 年，袁世凯政府向五国银行团进行“善后大借款”，以镇压二次革命。1918 年，段祺瑞政府为扩充皖系军阀实力，以武力统一中国，向日本进行“西原借款”，造成了 1920 年的直皖战争。在北洋政府的黑暗统治下，对外大借款不是用来搞建设、惠民生，反而多是用于军事开支，通过购买外国的军械军火维持残暴统治。借款往往伴随着出卖国家主权和权益，方便外国加强对华经济侵略，给广大人民带来了深重灾难。故而，凡有爱国心的中国人，反对对外借款是十分自然的。

有关中法借款的谈判虽然极为低调，但巴黎各报却争先恐后予以披露，引起了旅法华人的高度警觉。

当时正在巴黎的周恩来，在6月16日法国政府的一份官方报纸上，发现了一条不太显眼的消息，该消息称："本月十五日，法国国务会议将中国借款事列入议程，财政总长因反对此事而未列席。此人系一银行家，因此次借款之分摊，彼所主持之银行无份，故愤而离席云。"周恩来看到这条消息后，联系外界关于中法借款的传言，便判定法报的披露基本证实了朱启钤和吴鼎昌来法的真实目的。他于是把这一消息告知各旅法华侨社团的负责人。这时，正在学校学习的陈毅，也从一位法国工程师的口里，听到了中法正在谈判损害中国权益的借款的消息。他立即向工学世界社做了报告。很快，消息便传遍了勤工俭学生和旅法华工、华侨。

6月中旬，旅法华工会、巴黎通讯社、旅欧周刊社等6个团体的代表多次举行会议，决定奋起斗争。他们表示，对朱启钤、吴鼎昌的卖国勾当义愤填膺，号召旅法华人奋起抗争，力挽狂澜。为了更好地开展斗争，巴黎通讯社、旅欧周刊社与旅巴新闻记者合组为旅法新闻记者团（由之前的6个团体变为5个团体），以便及时进行相关动态的报道。此后，反对中法借款的斗争，遂以五团体的名义领导进行。

勤工俭学生开展了声势浩大的宣传活动。他们以传单、通告、信函等方式，将此项借款的由来、内容、危害性广为宣传。传播的范围包括旅居法国各地的华人，国内各团体以及美洲、南洋华侨，留英、留德学生会等组织，希望能联合更多华人一起开展斗争。学生们还向法国国会、报馆及重要人物，散发法文传单和通告一千余份，以取得法国有关人士和舆论的支持。他们还直接致函吴鼎昌，要求他自动取消动议，否则绝不会善罢甘休；致函陈箓，要求其表明态度。迫于压力，陈箓被迫于6月29日发表致旅法各团体的信，谎称“本馆可以证明此项借款，已不成事实也”，并称法方已将该计划书撤回。

6月30日，五团体在巴黎哲人厅召开第一次拒款大会。会议由赵世炎主持，到会者300多人，其中绝大多数是当时聚集在巴黎以及各学校工厂的勤工俭学生。五团体代表在会上报告了关于借款真相的调查报告，宣布了来函来电支持拒款行动的各地华人团体名单。会议发表了《拒款宣言》，决定向各国政府特别是法国政府、国内同胞和华侨宣布，绝不承认一切借款。会后，学生和华工包围了驻法公使馆，要求陈箓拒绝借款，可是陈箓已不知去向。蔡和森、赵世炎和陈毅等人还组织旅法各界代表去见朱启钤，痛斥其欺骗华侨、学生，秘密进行卖国借款的罪行。在大家的责问下，朱启钤承认了借款的事实，表示将考虑大家的意见，并电请北京政府。

拒款大会召开次日，中法实业银行宣布倒闭，反对借款一事开始沉寂。令人意想不到的是，到7月下旬，法国报纸突然报道称，中法借款合同已经商妥，定于7月25日草签。《巴黎时报》还报道说，借款额从3亿法郎增至5亿法郎，并透露：“这笔款项，其中一大部分将用于购买军火。”这个消息震惊了旅法各界，它表明主持借款的吴鼎昌、陈箓等人完全无视民意，毫无信誉可言。

学生们愤怒了，他们紧急行动起来。

7月25日，五团体发出通告，号召旅法华人速醒速起，共同行动。8月13日，五团体在巴黎哲人厅召开第二次拒款大会。参加大会的有各界华人300多人，会议公布了中法借款真相以及各团体最近拒款情况，斥责陈箓蒙蔽旅法华人的罪行。会议要求陈箓出席并当众说明借款的谈判经过和借款的用途、条件等。

陈箓慑于群众的愤怒，不敢出席，派公使馆秘书王曾思代为前往。会上群情激愤，要求公使馆立即取消丧权辱国的借款条约，并要王曾思当众表态。王反而为公使馆多方开脱，其言行引起与会学生和华工的极大愤慨。大家一拥而上，将王拖下台痛打一顿。在这种情况下，王被迫代表陈箓签署了一个中法借款条约作废的声明，该声明由拒款委员会电告国内各大报馆，并送交法国外交部一份。在内外压力下，借款之事被迫搁置。

满怀爱国热情的学生在自身面临巨大困难的情况下义无反顾地投身于这场爱国斗争，表现出捍卫国家利益的决心和勇气，向法国宣示了中国人民不屈不挠的斗争勇气。此举在相当程度上震慑了法国政府，但也引起了法国官方和中国驻法公使馆的报复。中法留法青年监护委员会法方副会长布哈迪叶对此非常愤怒，他表示“已定妥一千四百船位，分两次将勤工俭学生运回”。中法留法青年监护委员会断然决定于 9 月 15 日停发维持费。此举得到了以陈箓为首的驻法公使馆的附和。

停发维持费的决定宣布之后，一度恢复平静的留法勤工俭学生又起恐慌。曾经短暂接纳中国学生的法国学校因监护委员会不再提供食宿等费用，纷纷通知中国学生预备出校。由于勤工俭学生被迫纷纷退校，华侨协社又涌进一批穷苦学生。留法勤工俭学生再次陷入黑暗的深渊。

06

进军里昂中法大学

1921 年 10 月，为了争取生存权、求学权，留法勤工俭学生开展了争取开放里昂中法大学的斗争，使这所中国最早也是唯一一所在法国筹建的大学闻名遐迩，并在留法勤工俭学运动史上留下了深刻印记。

里昂中法大学，是留法勤工俭学运动的组织者和实行者之一的吴稚晖提议创办的。吴稚晖认为，勤工俭学不过是培养中、初级技术人员的一个运动，培养高级知识分子还要靠大学教育。出于对法国文明的推崇，吴稚晖于 1919 年冬发表了《海外中国大学末议》一文，提议在巴黎筹建中国大学，认为以法国的科学技术文明和名副其实的大学教授，学生于精神、物质、学业等方面所获必胜于在国内大学所获。他还认为，待时机成熟时，再将海外中国大学迁回国内，作为国内大学的楷模和示范。吴稚晖的提议得到了蔡元培、李石曾的支持，在国内特别是南方地区得到了实力派人物的赞同。

当时正在法国的李石曾，为海外中国大学的创办多方奔走。经过联络，最终将办学地点选定在里昂。作为一座纺织城市，里昂和

里昂中法大学校门

中国的商业往来很频繁，里昂商会曾两度派实业考察团前往中国。里昂大学很早就开设了汉语讲座，对中国文化有着较深的研究。

李石曾的努力得到了里昂市市长埃里奥等人士的热情支持。里昂当局提出把已经废弃在西郊圣提勒山上的古炮台改建成里昂中法大学的校舍。按照这个方案，里昂大学向法国陆军部提出申请，陆军部同意几乎是免费借用。法国政府还拨款 10 万法郎充当开办费。

里昂中法大学就这样开始了筹建的历程。其间，由于中国国内政局的变动，建校准备工作一度暂停。直到 1921 年 5 月孙中山在广州就任非常大总统的时候，筹建工作才得以重新开展。但是，由于筹款额只有吴稚晖最初设想的八分之一，学校的办学规模不得不缩小。办学格局从原定的独立大学降低为里昂大学的补习学校和宿舍，招收的学生人数也由原定的 700 人减少到 150 人。

自吴稚晖提出在法筹设海外中国大学之后，留法勤工俭学生即开始关注此事。吴关于拟设大学“为平民的、为勤俭的、为劳工神圣的”言辞，受到学生们的欢迎。1920 年 3 月，筹建里昂中法大学的方案敲定，给学生们带来莫大的欣慰。3 月 24 日，在华侨协社的华法教育会讲堂，召开了来自法国各地 11 个学校的 21 名学生代表参加的学生代表座谈会，创办里昂中法大学的事情成为最吸引与会代表的话题。萧子升在报告中详述了里昂和中国的关系以及决定创办大学的经过。早就听到过传闻的学生代表，得知事情的进展超出自己的意料，不禁又惊又喜。萧子升特别指出那座庞大的炮台可以容纳很多人，统全炮台而论，以前可住兵士二千人。若再将机械室等，概行改为住室，更可多住，大约尽可容到二千五百人。他过于夸张的设想，自然使代表们产生了一种不切实际的希望。

基于上述认识，勤工俭学生在“二·二八运动”失败后不久，即把注意力集中到了里昂中法大学，试图把在该校就读作为解决生活与学习困难的重要途径。1921 年 5 月 11 日，王若飞、尹宽等部分勤工俭学生在蒙达尔纪附近的森林中讨论决定：要求读书问题，作较长时间的解决；以里昂中法大学现有房屋为场所，以现在为勤工俭学生所筹得的款项近百万，及里昂中法大学开办费及捐款，作勤工俭学生全体读书费用；期限三年，款项不足时，由监护委员会以勤工俭学生读书名义向国内筹款接济之。他们还决定先在学生中广泛宣传此事，与住在巴黎的 500 多人取得联系，待时机成熟即向监护委员会和公使馆提出就读要求。如不能得到满意答复，就要“作最后行动”。

会后，王若飞、尹宽等人即赴巴黎，开始宣传组织活动。5 月 19 日，巴黎勤工俭学生 200 余人上书蔡元培，要求开放里昂中法大学，解决学生入学问题。同月，向警予、蔡畅、魏璧等 12 名女勤工俭学生组成开放海外大学女子请愿团。30 日，她们撰写了《留法女生对海外大学之要求》一文，在媒体上广泛传播。6 月 6 日，王若飞召集 220 余名在巴黎的学生举行会议，要求将里昂中法大学及拟议中的中比大学改建为工学院，以收容勤工俭学生，并函请中国驻法公使馆主持赞助。这些活动起到了初步宣传的效果，为之后的行动做了思想准备。

8 月 20 日，中法留法青年监护委员会宣布维持费发放至 9 月

15 日的消息后，勤工俭学生的生计和求学问题再度凸显，争取开放里昂中法大学的斗争于是较大规模地开展起来。此时留法勤工俭学生中蒙达尔纪派与勤工派之间的争论已不复存在。在当时的艰难环境下，争取开放大学成为勤工俭学生唯一的出路。两派在争取开放里昂中法大学的目的和拟采取的手段等问题上，立场完全趋于一致。这是一个重大的转折，其影响也极为深远。

9 月初，在勒克勒佐工厂坚持做工的勤工俭学生发布《克鲁邹工厂勤工俭学生争回里、比两大运动团宣言》，宣言指出“在我们认定有争回两大学的权利，亦且认定两大学对于全体勤工俭学生，有无条件的容纳的义务”。9 月 5 日，他们又发出通告，号召各地学生组织起来，力争通过谈判以和平方式实现目的，如要求得不到满足，势不得不铤而走险，为最后之行动。9 月 6 日，主要以蒙达尔纪派发起并有各地代表参加的会议在巴黎华侨协社召开，参会的有 200 多名学生。会议决定运动里昂中法、中比两大学无条件开放，如运动无效，即进驻里昂中法大学。9 月 12 日，勒克勒佐做工学生发出第二次宣言，表明他们的目标有两项：“使两大学能合于全体勤工俭学生之需要，绝对不是使勤工俭学生迁就两大学”；“争回两大学的运动，其目标是全体的，绝对非部分的”。

正当斗争如火如荼进行的时候，传来了吴稚晖从国内招生的里大新生即将到法的消息。这些新生大致分为两类：一类是自费生中有名的无政府主义者；另一类是以自费生的名义，乘机混入的无能的名门或豪绅子弟。为了保证这些人顺利入学，9 月 12 日，里昂中法大学协会发布法文通告，宣称该校为高级教育机关，申明“对于收录与考试学生，应呈验文凭或经过考试”，“若非官费或有支付款项的确实保证，不能收录”。这就摆明了要将勤工俭学生拒之门外。

9 月 15 日，中法留法青年监护委员会停止发放维持费。9 月 17 日，聚集在巴黎的各地学生代表举行了代表大会，宣告各地勤工俭学生联合委员会正式成立，一致决议以开放里昂中法大学为唯一目标，同时还确定了三个信条：誓死夺回里大；绝不承认“部分解决”；绝对不承认考试。此后，争取开放里昂中法大学的斗争便有了一个比较统一的组织领导机构和斗争目的。

9 月 19 日，学生们得到比较确切的消息，吴稚晖从国内所带的学生将于 24 日入校，而在法国方面的考试则要 26 日才开始报名，且报名的条件和考录的标准无从得知。眼看着希望即将破灭，学生们不得不做最后的抗争。9 月 20 日晨，各地勤工俭学生联合委员会发出紧急通告重申了奋斗目标，号召各地学生行动起来，向里昂中法大学进军。

07

悲壮的失败与遣返

勤工俭学生决定占据里昂中法大学，实属无奈之举。他们从一开始就希望以和平谈判的方式解决问题，只是在形势的逼迫下才采取了进军的行动。但他们还是希望能争取旅法各界的同情和支持，以创造条件实现入学的目标。

作出占据里昂中法大学的决议后，联合委员会随即派出王若飞等代表去见驻法公使陈箓，向他宣布联合委员会的决定并请其设法救济留在巴黎的勤工俭学生。陈箓假惺惺地表示，对学生将要采取的行动表示同意和支持，并承诺如法方干涉，他负责交涉。他还慷慨地借给联合委员会2000法郎，充作赴里大学生的路费及临时生活费用。学生们得到陈箓的经济支持和安全担保后，坚定了进军的决心。年轻的学生们没有想到的是，这完全是一个圈套。

1921年9月20日，联合委员会在巴黎挑选了38人充作先发队，李维汉、向警予、萧三等人为留巴代表，负责奔走联络。当晚，先发队就出发了。各地勤工俭学生按照联合委员会的决定，也纷纷派出代表参与先发队。21日，先发队员到达里昂中法大学，其中包括蔡和森、陈毅、赵世炎、李立三等。当先发队来到里昂中法大学时，校方早已严加防范，各处房门全上了锁。先发队只好在校外草地上暂待，并派出代表与里昂中法大学主事人褚民谊交涉入学事宜，但遭到拒绝。见争取入学不成，学生们便要求拨出一部分房屋让勤工俭学生暂住，也遭到拒绝。在这种形势下，学生们忍无可忍，决定采取断然措施，进驻里昂中法大学，占据了校内的一座空楼。

9 月 22 日，里昂市警察局派出 8 名警察守住大门，准进不准出，把勤工俭学生与外界的联系切断。里昂中法大学法方负责人又偕警察把学生们的居留证全部没收，随即又有数十名警察试图将学生逐出校外。学生们坚持不肯出校，遂即被十余辆汽车押送至附近的兵营拘禁起来。消息传到巴黎，周恩来、王若飞、聂荣臻、向警予等人立即四处奔走，进行营救。他们还派出代表去见陈箓，要求他从速派人前往里昂交涉，取消拘禁。23 日晚，副领事李骏奉陈箓之命到里昂与当地警察局联系，当地警察当着学生代表的面告诉他说，法国外交部、内务部与中国驻法公使馆商量好了，“来的电话叫好好看住大家”，李骏当即变色。

李骏发挥的作用仅仅是为先发队与里昂中法大学校长吴稚晖的谈判提供帮助。9 月 25 日，吴稚晖抵达里昂。26 日、27 日，持有李骏名片的 10 名先发队代表出兵营与吴稚晖进行了数次谈判，吴稚晖只同意招收 20 名勤工俭学生，与学生们坚持全体解决的要求相距甚远，但双方都同意派代表到巴黎与陈箓商谈。李骏得知学生态度后，不顾学生和吴稚晖的再三挽留，急忙溜回巴黎。随后，被拘留的百余名先发队员遭到更严密的监视，将被驱逐回国的传闻日甚一日。

10 月 4 日，吴稚晖抵达巴黎。勤工俭学生希望与他继续谈判，以尽快营救被捕学生。在周恩来和王若飞的恳请下，勤工俭学生中有威望的两位长者徐特立和黄齐生出面进行调停。他们去见吴稚晖时，吴说：“勤工俭学生如果有办法，我吴某要卖屁股也愿意去做。”这使他们感到极为失望。吴稚晖还召集章士钊、李骏、郑毓秀等商讨对策，结果仍是不能答应勤工俭学生提出的开放里昂中法大学的要求。

中国驻法公使陈箓是一个有手腕的政客，他对勤工俭学生自“二·二八运动”以来的一系列斗争十分恼怒，早就想报复。他表面上支持学生们向里昂中法大学进军，实际上企图把学生们一网打尽，全部遣送回国，以彻底摆脱这个烫手山芋。当先发队进入里昂中法大学之时，陈箓已经与法方谈妥，要法国警察“好好看住大家”。当留巴代表请陈箓向法方提出解除拘禁一事时，陈箓把责任推给法国政府，表示爱莫能助。当法方声称不安顿好即将先发队驱逐回国时，陈箓表示找不到根本解决的办法，无能为力。10 月 11 日、12 日，留巴代表两次请见陈箓，但陈已不在公使馆，他将公使馆事务交于秘书办理，自己再不露面。

法国政府的态度极为世故。早在 9 月 1 日，驻北京的法国代理公使在给法国政府的致电中就说：“我们要做到对这一遣返不负任何责任，重要的是把当事者的愤怒引向他们的政府。”因而，法方一方面声称只要中国官方有根本解决办法，就不将被拘学生驱逐回国；另一方面，以中国驻法公使馆秘书曾经被打，勤工俭学生在里昂等地散发传单等为名，暗示中国驻法公使馆根本无法控制局面。法国政府的意图是明显的，即必须遣返被拘学生。

10 月 10 日是里昂中法大学开学的日子。当天，里昂中法大学举行了盛大的开学典礼。欢乐的歌舞声传到了很远的兵营铁窗里。

“兵营里却是冷冷清清，两下对照，令人不忍。因此，被囚的学生绝食一天，表示抗议。”人间悲喜不相同，这种鲜明对比令人感叹不已。

10月13日，法国外交部代表、里昂市市长、警察局局长率大队武装军警到先发队被拘押的兵营，宣布将遣返全体在押学生，理由是“不经许可擅自入人室”，“侮辱市长”，“与共产党的新闻记者接近”。随后，将学生们团团围住，逐一点名押上汽车至火车站。车站上增哨加岗，刀枪林立，如临大敌。火车上安排4名警察看守6名学生，不许移动一步。火车车厢窗门全部紧闭，连空气都不流通，像黑暗的洞穴一样。14日晨，火车抵达马赛车站，学生们被押上码头，送进法国邮轮宝勒加号的五等舱，由1名军官、8名士兵押送，向东方驶去。

进驻里昂中法大学的125人中，除了赵世炎等人借外出做营救工作而逃脱外，最后被押送回国的共有104人，其中有蔡和森、陈毅、罗学瓒、张昆弟、李立三等人。

留法勤工俭学生争取里昂中法大学开放的斗争就以这样的结局而告终。联合委员会驻巴黎代表发表通告，沉痛宣布“不料号称自由、高唱人权的法兰西政府，竟出现这种黑暗、卑劣的举动”。

负责押送104名学生的法国士兵，对这些学生非常苛刻。只准他们带简单衣物，吃劣等伙食，行动也不自由。学生们经此遭遇，对之前他们向往的法国有了新的认识。一位法国议员在被拘同学押出军营前对他们演讲：“诸位不要以为法国是自由、平等、博爱，那是假的。即如你们来到里昂，便不由分说，横遭拘禁，这是自由吗？里昂大学同是中国学生，有钱的进去读书，无钱的关在兵营里，还要遣送回国，这是平等、博爱吗？”这话久久回荡在他们的耳边，使不少人对法国式资产阶级民主制度的幻想破灭，坚定了他们走反帝反封建革命道路的决心。

在回国的途中，蔡和森、陈毅等向广大华侨宣传事件真相，揭露中法官方的阴谋，继续进行斗争。一路上，旅居各地的华侨给了他们以精神和物质上的支援。沿途有人在香港下船，其余于 11 月 23 日回到上海。在他们之后，由于援助断绝，又有两批勤工俭学生分别于 1921 年 10 月 20 日和 11 月 11 日被迫回国，第一批于 12 月 6 日抵达上海，第二批于 12 月 22 日抵达上海，其中就有蔡和森的爱人向警予。

屡次斗争而又失败的学生没有放弃，他们在发出青春的呐喊，进行抗争的同时，思想迅速成熟。留法勤工俭学运动由此进入一个新阶段。

组织

走向联合与党团建设

01

在风雨中继续前行

主张斗争的多名勤工俭学骨干分子被遣返，进入里昂中法大学就读的希望彻底破灭，各地勤工俭学生联合委员会名存实亡，仍然留在法国的勤工俭学生在困境之中越陷越深。中法留法青年监护委员会宣布自1921年9月15日后停止发放维持费，法国政府于9月下旬，再拨10万法郎以解决一个月的维持费用。这样，学生们依靠每人每天5法郎的最低生活费支撑到10月15日。此后，法国政府再也没有向中国学生提供过经济资助。

冬天即将来临，好不容易熬过一个寒冬的勤工俭学生将迎来又一个寒冷的冬天。此时的他们，纷纷离开聚居的巴黎华侨协社，不得不通过各种途径设法重新进厂做工、奋力自救。

1921年10月22日，邓小平、邓绍圣等勤工俭学生进入巴黎第十区的香布朗工厂。这是一家专门制作扇子和纸花的小厂。百余名学生在这里充当扎花工。他们同该厂的法国妇女一道，用薄纱和绸子做花，然后把花缠在一根铁丝上，再贴上一个标签，写上“阵亡将士的遗孀和孤儿作”几个字。这种工作毫无技术可言，而且工资很低，做 100 朵花才能赚 2 个法郎。即便如此，能有工作可做，学生们就像发现了新大陆一样，一下子涌过去 100 多人。约半个月后，这批临时性的扎花工作完成，他们便被工厂解雇。12 月下旬，一批勤工俭学生在巴黎第十三区的云母厂找到工作，这个工厂的法国工人多是妇女和儿童，工作内容是把云母碎片黏合成张。学生们每周的工作时长达 54 小时，在完成工作任务的情况下工钱最多为每小时 1 法郎。这一工作吸引了 40 多名勤工俭学生。

还有一些学生为了生计，只能去干异常辛苦的工作。勤工俭学生罗承鼎、吴让周等人在施奈德工厂的一家煤矿找到了挖煤的工作，这个工作需要在地下 800 米处作业。他们在井下又挖又运，一干就是 8 小时。在狭窄的地下通道，他们不得不弯着腰工作，除了推煤到大道上，很难得到伸腰的机会，即便是吃面包喝凉水时，也不过在地道里坐坐，还需要提防头顶上的石块突然掉下来。

即便忍受着生计的重压，绝大多数勤工俭学生仍然对未来抱有希望。他们没有忘记赴法初心，渴望通过学习获得知识和技能，不希望在一无所获的情况下就打道回府。更何况，许多人家庭经济条件有限，家庭的期望和个人的责任感都不允许他们在没有学得一技之长时就踏上归途。

一个被遣送回国的学生曾经抱怨说：“我家破产才筹了船费和其他用费，希望学成回国，今天法文还没有学好，竟押送回国，无面见我的父兄。”勤工俭学生吴琪回忆说：“大家觉得求人不如求己，决心自力更生，一面做工，一面学习。”这代表了相当一部分学生的心声。

自 1921 年 1 月华法教育会宣布与勤工俭学生断绝经济关系后，留法勤工俭学生在法国的遭遇，就通过各种渠道传到国内。他们向国内求救的呼吁，起到了一定作用。北洋政府教育部、留欧监督处、少数省份的官员及一些社会贤达，都表示过要接济留法勤工俭学生。但是，北洋政府的办法，就是向各省致函电，要求各省接济。其中，部分省份为学生们提供了一定资助。四川省汇往法国的救济金，由四川留法勤工俭学会主持分款，扣除归还华法教育会的贷款等之后，440 名学生每人分得约 400 法郎。1921 年 12 月 8 日，聂荣臻在给父母的信中曾谈到了此事。这些资助显然是杯水车薪，远不能解决大部分勤工俭学生面临的生存难和求学难的问题。

为了走出困境，一些学生不得不继续向国内呼吁，希望国内地方政府和各界人士能够提供资助。

1921 年 11 月上旬，女生郭隆真断指血书明信片并乞援书，述说留法女勤工俭学生的困苦状况，她向国内发出了凄惨的求救声音："吾国各界仁人君子，请速维持人道！施一粥半缕；隆真饿！隆真冻！……救隆真饿寒交迫、身葬异乡之惨！"

与之前仅靠函电呼吁不同，此时已经发生了学生遣返回国事件，留法勤工俭学运动遭遇重创已成事实。1921 年 11 月 23 日，刚刚抵达上海的第二批被遣返学生在通启中提出，"现在我们虽回了国，在法尚有一千余人，尚望念及苦学同志，请速筹款接济，俾使学成业就，回国有用"。当晚，他们就组织成立了被迫归国学生勤工俭学团，30 日举行茶话会招待包括新闻记者在内的上海各界人士，明确提出反对继续强迫遣送，并呼吁中国政府和地方当局尽快落实汇往法国的救济款，同时拟定长久之策。他们的呼吁引起了国内的重视。河南、浙江、安徽、湖北、江苏、湖南等省为勤工俭学生提供了长期的定额补助或临时津贴，四川也在学生的一再呈请下于 1922 年春制定了《各县自费生贷费章程》，为学生提供无息留学贷款。

这些举措，部分缓解了留法勤工俭学生的经济压力。

值得提到的是，法国社会的友好人士为救济学生多方奔走，给部分学生留下了难忘的记忆。于格儒先生的夫人以个人名义给予中国女生较长时期的经济资助，向警予就曾经接受过她的资助。她与旅法华人郑毓秀女士一道，多方求助，每月给每名女生300法郎。后来由于款项来源有限，自1921年10月起，每人每月缩减至200法郎。她几乎以一人之力，将对中国女生的资助维持到1922年1月。其后，她又托回国省亲的向警予为留法勤工俭学女生向中法协会求援。

02

迎来转机

争取开放里昂中法大学的斗争失败，给留法勤工俭学生以深刻的教育，许多人对做工有了新的认识。盛成就认为："'里大运动'，虽说失败，确是成功。何以故？勤工同学从此得了一桩极大的教训：天上飞的雀儿肉，我们这些苦命的娃儿是吃不到的。"留法的青年人穷志不短，他们从失败中总结经验教训，在奋斗和抗争中继续着勤工俭学事业。留法勤工俭学运动由此进入它的后半程，其间，发生了两件引起轰动的事件。

一些勤工俭学生对陈箓出卖学生的行径十分痛恨，决心进行复仇。1922 年 3 月发生了李合林枪击陈箓的事件。李合林原是北京清华中学的学生，曾积极参加五四运动，于 1920 年 4 月到法勤工俭学。1921 年 12 月，李合林到著名旅法人士郑毓秀女士处做秘书。他有感于陈箓对学生的迫害和在学生进军里昂事件中的欺骗行为，非常气愤，决心为大家报仇。

1922 年 3 月 20 日，郑毓秀在巴黎寓所庆贺生日，陈箓等人应邀出席宴会。夜半时分，陈箓及其夫人先行告辞。当他们所乘汽车发动时，李合林向其连开数枪，但未击中陈箓。翌日，李合林自动到巴黎警察局投案，解释他谋刺的原因是陈箓驱逐里昂百余学生归国，他还承认行刺是有预谋的，充任郑毓秀秘书也是为了有接近陈箓的机会。这一事件发生后，在法国引起轰动，学生们为李的行动拍手称快，并筹集资金聘请律师为李辩护。李合林最终被判入狱 9 个月。这一事件给中国驻法公使馆官员以强烈的心理震撼。

巴黎华法教育会在宣布与勤工俭学生脱离经济关系后，其组织管理每况愈下。它虽然不能帮助学生解决生存和求学问题，但仍然是学生们传递信件和分发来自国内的救济款的场所。在李光汉担任华法教育会的书记后，由于华法教育会缺乏有力监督，李得以包办一切，利用华法教育会大肆贪腐，最终激起了众怒。

1922 年 3 月，北洋政府迫于学生的压力，又汇来 10 万元救济款。学生们听到这个消息后，就由在巴黎候工的人发起，于 4 月 2 日在华侨协社开会，筹组留法勤工俭学学生总会，经过实际调查，列出各地有资格享受补助款人的名单。1922 年 5 月，当北京政府的救济款寄到法国的时候，留法勤工俭学学生总会和华法教育会协商了发放办法，决定把 10 万元即相当于 73 万法郎中的 10 万法郎用作 30 多个女学生的学费；1 万法郎作为学生总会的基金；余下的 62 万法郎平均发给 849 名男学生，每人 730 法郎。但是，李光汉利用信息不对称的优势和学生内部的分歧，直到 8 月份都没有给大家发放款项。惯于倒卖马克和古董的李光汉，最后只发给男学生每人 600 法郎，并在侵吞每人 130 法郎的基础上，把学生总会的 1 万法郎也装入腰包。令人发指的是，贪婪成性的李光汉甚至侵吞了因意外而死亡的学生的那一份，有些死者的同学提出要用其中一部分作为丧葬费，李光汉以“埋葬死人实为冥顽”为由拒不发款。

李光汉侵吞救济款的事实为学生们所发现，他们以此为线索，陆续发现了李的许多罪行，强烈要求会计公开账目和退还被侵占的补助款。气急败坏的李光汉对学生进行报复，他教唆手下的流氓组织了一批无赖袭击学生总会的办公室，他们恣意破坏学生总会的物品，烧毁文件，并抢走了印刷机等东西。勤工俭学生忍无可忍，把李的主要罪行调查清楚后，写成文章，寄回国内，刊登在报纸上。李光汉由此身败名裂。

留法勤工俭学生已经遭受了太多的磨难，在度过 1921 年的冬天之后，他们终于迎来了希望的春天。从 1922 年春季开始，法国经济有了较为明显的恢复和发展。从德国回归的阿尔萨斯－洛林有着丰富的煤炭资源，再加上占据的德国萨尔煤矿以及战后德国的实物赔偿煤炭，法国所需的工业燃料得以解决。法国从德国夺取的大片海外殖民地，为法国倾销工业品打开了广阔的海外市场。法国政府为治理经济萧条、推动经济复苏出台了一系列利好政策。战后世界和平的重建为国际贸易的发展提供了有利条件。所有这些因素加在一起，使法国经济得到恢复和发展，冶金、化学和纺织工业生产急剧扩大。法国经济形势的好转，扩大了对劳动力的需求，勤工俭学生的就业机会明显增加，他们在觅工、更换工厂及工种方面，开始有了选择的自由。

由于在法国已经经历了不短时间的学习，不少学生的语言水平、工作经验和生活阅历比来法之初大大增强，对工作技能的掌握也有不同程度的提高。1922 年以后进入法国工厂做工的学生中，做粗工、苦工、散工之类的活计已经很少，从事技术工种的学生日益增多。据 1923 年 6 月的调查，湖南学生做工的 116 人中，有技艺的学生占 92 人，分别从事车床、铣床、磨床、化学分析、机械制图、电工等工作，做散工的学生只有 24 人。浙江籍学生朱洗于 1922 年 1 月到施奈德工厂所属的一个炮厂做车工，由于厂方不增加工资，便于 3 月辞职。其后，他在巴黎一家制作花边的工厂做工。不久，又考进巴黎附近一家汽车厂。初进厂时，改做未曾做过的磨床工，按时计薪，每天至少有 18 法郎；不到一个月后，厂方又安排他去充当钻工，他很快胜任工作，每天工资 30 法郎左右。他在这个工厂做了 10 个月工，积攒了一笔钱，于当年 12 月辞职进校读书。

很多勤工俭学生通过辛勤劳动，不仅能够维持生活，还能将节余所得用于学习。还有不少学生因为得到国内的长期定额津贴或无息留学贷款，从而成为俭学生，进入学校学习的机会多了。于是，一批又一批留法勤工俭学生进入各级各类学校学习各种专业知识，使留法勤工俭学运动发生了很大变化，读书人日益增多，做工人日渐减少。读书的学生已经大多不再需要进入专为补习语言的中学、公学，而开始进入法国的各级各类学校。有一百多名学生转到比利时学习，先后进入大学或中等专业学校。聂荣臻就曾在沙洛瓦劳动大学化学系就读。还有少数学生到德国进行俭学。

总的来说，在经历了艰苦曲折的历程之后，绝大部分勤工俭学生获得了求学深造的机会，他们在风雨洗礼中开拓了视野、壮实了筋骨、增强了胆识、锻炼了才干，最终实现了赴法的初衷。

为共同目标走到一起

1921 年，是留法勤工俭学运动史上风云激荡的一年。这一年，勤工俭学生经历了“二·二八运动”、反对借款运动和进军里昂中法大学运动三次重大斗争，群体思想发生了激烈变化，在生活重压和爱国热情的相互渗透影响下，由温和趋于激进。

这一年，中国国内也是大事不断。7 月，中国共产党正式成立，这是中国历史上第一个以马克思主义为指导的无产阶级政党，标志着中国革命进入了新阶段。8 月，中国劳动组合书记部成立，这是中国最早的全国性工会组织，为中国工人阶级的组织和团结提供了保障。11 月，孙中山在广州召开南方各省代表会议，宣布成立广州国民政府，并任临时大总统，继续进行反对北洋军阀统治的斗争。这其中，中国共产党的成立最具有影响意义，它直接影响着许多勤工俭学生的信仰选择和人生抉择。

在 1921 年初，旅法的中共党员有陈公培、张申府、赵世炎和刘清扬 4 人。其中，陈公培于 1919 年在北京参加工读互助团，1920 年夏参加上海共产党早期组织，是中国共产党最早的党员之一，同年7月赴法国勤工俭学。张申府原系北京大学讲师，1920年8月在北京加入北京共产党早期组织。同年11月24日，张申府与蔡元培、刘清扬等人乘法国邮轮高尔地埃号由沪启程赴法，准备在里昂中法大学担任逻辑学教授。12月27日，张申府等人抵法，他于1921年初介绍刘清扬入党，随即与刘结婚。大致是在1920年5月，赵世炎在上海候船期间，由陈独秀单独介绍入党。当年5月9日，赵世炎乘法国邮轮阿尔芒勃西号离开上海，前往法国勤工俭学。因此，在1921年初，旅法中共党员已有4名。

值得注意的是，此时中国共产党还没有正式成立，组织管理也没有正规化，人员多是单线联系，陈独秀交给张申府的重要任务，就是在法国组织共产党的基层机构。3名中共党员抵法之初，并不完全知道其他人的身份。但他们却都着手开始宣传和组织工作，发展党员。1921年初，张申府在介绍刘清扬入党后，又与刘清扬一起介绍周恩来加入中国共产党。刘清扬与周恩来都是天津觉悟社的社员，张申府与周恩来在北京陶然亭聚会时见过面，他们对周恩来的才华和人品很了解，介绍周恩来入党便十分自然。

近代中国革命与留学生有着千丝万缕的联系。留学生往往是新思潮的传播者和政治活动的中坚力量，在社会变革中发挥着巨大作用。辛亥革命的发动就与清末新政后大批学生赴日留学有密切关系，革命党人中有不少有着留日经历。留法勤工俭学运动进入高潮后，数千名有志气有抱负的中国优秀青年赴法，在他们中发展党员、建立组织一直是陈独秀、李大钊等中国共产党创始人所希望的。

陈公培、张申府赴法后，正赶上勤工俭学重大事件频发的1921年，他们的组织宣传活动与勤工俭学生经过切身苦痛得出的经验教训结合在一起，使部分学生在为肉体果腹而斗争的同时，在信仰上

蒙达尔纪的青春岁月

1921 年上半年，旅法中国共产党早期组织成立。图为小组成员（左起）张申府、刘清扬、周恩来与赵光宸的合影

有了提升。

在1921年“二·二八运动”之前，陈公培即与赵世炎等在勤工俭学生中建立了有一定共产主义思想倾向的团体劳动学会。这个学会的最初成员有陈公培、赵世炎、李立三、刘伯坚、刘伯庄、周钦岳等人，由于并不是所有人都完全拥护马克思主义，团体的名称没有被定为共产主义同盟会，但其思想倾向是共产主义的。

“二·二八运动”前后，赵世炎是勤工派的核心人物。他于1921年1月16日组织成立的勤工俭学互助社，虽然在核心理念和主要成员上直接脱胎于1919年在北京成立的北京工读互助团，有一定的工读主义的痕迹，但已经开始具备共产主义思想元素。赵世炎、李立三曾较长时间在圣夏蒙一家钢铁工厂做工，该地遂成为勤工俭学互助社的中心地。互助社成立后，很注意与勤工俭学生的其他团体进行联合。“二·二八运动”失败之后，勤工俭学互助社与劳人会、劳动学会等团体合组为勤工俭学期成会，这个学会成为扩大共产主义思想影响的重要依托。

有意思的是，赵世炎和蔡和森虽然都信仰共产主义，但分别以两人为领袖人物的勤工俭学期成会和工学世界社在“二·二八运动”前后对勤工俭学的态度却完全不同，并形成了勤工派和蒙达尔纪派，出现了一派肯定和一派否定的局面。其针对具体问题的主张虽然不同，但其思想倾向却是相通的。陈公培敏锐地注意到这一点，他预言，将来留法学生中革命分子是由这两团体产生的为多。这个预言很快变成了现实。在学生们的生存状况继续恶化的情况下，两派都认识到团结的重要性。在张申府的支持下，赵世炎、李立三等人与蔡和森进行了数次长谈，最终实现了两派的联合。“双方表示争论已经过去，今后要共同研究问题，共同革命，大家都谈马克思主义。”

在争取开放里昂中法大学的斗争中，两派的分歧消失不见，双方采取了一致行动。由此，受共产主义思想影响的青年凝聚成一股力量。

信仰不能完全靠外部灌输，内部的思想自觉往往更具有决定性意义。在勤工中目睹资本家对工人无情剥削和压迫的学生，寻求破解之道的思想愈发深刻。有的勤工俭学生呼吁效法俄国模式，以暴力革命的方式实现人民当家作主。“现在劳动者的理想已经见诸实行的，第一个自然算俄国。俄国的宪法，只承认劳动的工人是俄国主体人民，有执政权，有选举权。不劳动的人，就是从前一般在‘贵’字阶级上的，不但不算是主体人民，而且还是人民的公敌。”李立三也主张，勤工俭学生应该与劳动阶级携手，“在这个黑暗的世界中，杀一个七出七进，将资本主义完全推倒，然后才有光明”。争取开放里昂中法大学的斗争失败后，更多的学生觉悟了。李维汉就说：“许多人抛弃了各种各样不切实际的幻想，接受了马克思主义，走上了十月革命的道路；更多的人后来积极投入了反帝国主义和反军阀的斗争。”

李石曾等人组织赴法勤工俭学运动的初衷，是希望能够以无政府主义思想影响一代青年，以实现他们革新中国教育乃至中国社会的梦想。但大批学生赴法之后出现的工学矛盾特别是 1921 年内连续发生的惨痛事件都告诉学生们，无政府主义是行不通的。

陈延年、陈乔年兄弟的思想转变特别具有代表性。陈氏兄弟是陈独秀的儿子，当他们的父亲在国内筹建中国共产党时，信奉无政府主义的陈氏兄弟对此却不以为然。他们在国内时就与著名的无政府主义者黄凌霜、区声白有联系，能够赴法勤工俭学，也是通过吴稚晖的介绍信。赴法之后，他们一面俭学，一面进行无政府主义的宣传活动。陈氏兄弟在巴黎创办了中国书报社，销售无政府主义及新文化方面的书籍，并编辑出版《工余》杂志，在勤工俭学生和华工中宣传无政府主义。争取开放里昂中法大学的斗争失败后，陈氏兄弟的思想发生了很大转变。1922 年，陈延年给黄凌霜写信，认为革命事业，最重要的是力求理解社会生活的真实关系，在这方面马克思确比无政府主义者更有先见之明。国内的无政府主义者收到信后，都指责陈氏兄弟“背叛”。

陈氏兄弟的思想转变表明，无政府主义日渐式微，马克思主义的影响日益增大。

历史的发展往往有吊诡之处。中法当局在以“过激党”的名义驱逐留法学生时，没有想到他们的举动直接推动了所谓“过激党”在法国的成立。历史在关闭勤工俭学生进入里昂中法大学就读的大门之后，又为他们打开了一扇新的大门，将信仰工读主义、无政府主义等各式资产阶级改良思想，主张和平演进的勤工俭学生推到了信仰科学社会主义，主张暴力革命和无产阶级专政的发展轨道上。在各方面因素形成的合力下，组建旅欧中共党团组织的时机成熟了。

04

旅欧中共党团组织的建立

早在 1920 年下半年，蔡和森等人就有在旅欧学生中建立一个统一的共产主义组织的打算，由于当时时机还不成熟，这个打算未能实现。经过 1921 年的多次学生斗争，选择信仰共产主义的青年越来越多，建立共产主义组织的条件逐渐具备。在进军里昂之前，赵世炎曾经和蔡和森讨论过建立统一的共产主义组织的问题，而且商讨过名称。蔡和森主张叫“少年共产党”，赵世炎主张叫“共产主义同盟”，后来又表示名字不必计较，只希望有这么一个核心组织，把勤工俭学生统一领导起来。

由于进军里昂的失败，大部分主张科学社会主义的骨干分子被驱逐回国，组织工作受到影响。张申府辞去里昂中法大学的教席，参加斗争的陈公培被驱逐回国，侥幸逃脱的赵世炎由于被没收了证件，一时无法在巴黎居住，只得避居法国北方，依靠通信的办法同大家联系。此时，大家已经达成了共识，从失败中认识到尽快建立共产主义组织的必要性。

为了把留法的先进分子团结起来，周恩来、赵世炎托人带信约在蒙达尔纪的李维汉到巴黎一个旅馆会面，商议在旅欧青年中成立共产主义组织的事。他们决定，分头进行筹备工作。1921 年冬天，何长工接到朋友的来信，说赵世炎等人在巴黎酝酿成立社会主义青年团，问他是否愿意参加。

1922 年 3 月初，周恩来与张申府、刘清扬为了节省生活费，一道转赴马克贬值的德国，住在柏林郊区的一个小镇上。他们这个党员群体中很快增加了萧三、张伯简等人，壮大了组织力量。张申府等在柏林成立了一个名为代表团的组织，这是一个类似于支部性质的中共组织。这个组织开展了一系列工作：与共产国际建立了联系，确定并拟实施输送人员至苏俄的计划，首批拟派赴苏俄的是萧三、张伯简、熊雄，还推举代表赴苏俄参加拟于 1922 年冬召开的共产国际第四次代表大会；决定由赵世炎在法国筹组中国青年团，并积极设法与国内正在筹建的青年团组织取得联系。这些努力，为中共旅欧组织的创建奠定了基础。

周恩来到德国之后，经常往来于柏林、巴黎之间，在勤工俭学生中作过多次讲演，积极推动共产主义组织的筹备工作。周恩来等在德党员曾经联名致信赵世炎，建议在 1922 年五一节之前完成筹备工作。由于旅法勤工俭学生的认识并不一致，筹备工作直到 1922 年 5 月底才告以完成。

影响组织成立进度的除了赵世炎的签证问题外，还有以个人还是团体的身份加入组织的分歧。按照张申府等人的设想，在欧洲筹组的中国青年团的内核就是旅欧少年共产党。鉴于勤工俭学生的思想纷杂，许多人曾经深受工读主义、无政府主义思想的影响，赵世炎主张严格把关，坚持以个人的身份逐一加入，这与工学世界社的李维汉、薛世伦等人希望把全体社员集体转为组织成员的主张有明

1921 年 7 月 23 日，工学世界社在蒙达尔纪召开会议，邀请勤工俭学会代表李立三参加，讨论加强团结和成立共产主义组织的问题

显差别。

李维汉等人之所以提出上述要求，也是考虑到工学世界社成员的思想变化。事实上，进入 1921 年之后，一方面由于蔡和森对科学社会主义的宣传和介绍，另一方面由于勤工俭学的愈发艰难，工读主义的市场越来越小，工学世界社主要成员的思想迅速向共产主义靠拢。到 1921 年 7 月下旬，工学世界社召开第二次年会时，李维汉的思想已经与蔡和森趋于一致。工学世界社的领导成员认为，以集体加入的方式完全符合组织成员的吸收条件。经过深入的交流沟通，大家最终接受了赵世炎的意见。

1922 年 6 月 3 日，留法勤工俭学生代表在巴黎西郊的布伦森林召开大会。出席会议的有赵世炎、周恩来、李维汉、王若飞、陈延年、刘伯坚、陈乔年、傅钟、萧朴生、萧三、汪泽楷、李慰农、郑超麟等。他们代表着法国、德国、比利时的40余名同仁。会场布置在布伦森林的一块空地上。一个经营露天咖啡茶座的法国老太太租给他们18把椅子。大会由赵世炎主持，他报告筹备经过，周恩来报告组织章程草案。会议共开了3天。确定组织的名称是旅欧中国少年共产党，还选出中央执行委员会：赵世炎为书记，周恩来负责宣传工作，张伯简负责组织工作（因为张在德国，先由李维汉代理，不久便由李正式接替）。

旅欧中国少年共产党的党部设在巴黎戈德弗鲁瓦街17号一座小旅馆内，这里也是赵世炎的居所，经常在这里工作的有赵世炎、李维汉和陈延年。1922年8月，旅欧中国少年共产党创办《少年》月刊，由赵世炎、陈延年负责编辑和刻印。张申府、周恩来、赵世炎、张伯简等人曾在《少年》上发表时事评论、政论性文章，以及翻译的有关苏俄及共产国际的文件、纲领等。到1923年12月，《少年》共出版了13期。

1922年5月，中国社会主义青年团第一次全国代表大会在广州召开，通过了纲领和章程，选出中央执行委员会。10月，旅欧中国少年共产党在巴黎举行投票，决定加入国内的中国社会主义青年团，并将组织名称更改为旅欧中国共产主义青年团，选举赵世炎、周恩来、王若飞、陈延年等组成中央执行委员会，赵世炎仍然为书记。11月20日，大家凑集了一笔路费，派遣李维汉为代表，回国向团中央正式提出：愿作为它的旅欧支部。

正当他们等待答复的时候，又得到了一个消息：参加共产国际第四次代表大会和少年共产国际会议的中国代表团已经到达莫斯

1923 年 2 月 17 日至 20 日，旅欧中国少年共产党召开临时代表大会。图为大会代表合影

科。他们立即去信表示敬意，并声明已向国内提出加入中国社会主义青年团的请求。1923 年 1 月，他们接到参加共产国际四大代表团的中共中央执行委员会委员长陈独秀的复信，建议他们将组织名称改为“中国共产主义青年团旅欧之部”，将领导机关中央执行委员会改为执行委员会，并对他们在欧洲的行动方略作了指示。

1923年2月17日至20日，旅欧中国少年共产党在巴黎租了一个礼堂召开临时代表大会，当时组织成员已有72人，到会代表共42人，在赵世炎主持下讨论改组问题。会议通过周恩来起草的章程，正式改名为旅欧中国共产主义青年团，要求入团的团员必须对于共产主义已有信仰，并规定中国社会主义青年团中央执行委员会为本团上级

机关。考虑到赵世炎、陈延年、王若飞等准备去莫斯科东方大学学习，会议选举周恩来、任卓宣、尹宽、汪泽楷、肖朴生等为执行委员会委员，刘伯坚、袁子贞等为候补委员，周恩来为书记。会议还就团员教育、吸收同志、开展华工教育、继续出版《少年》月刊等作出了决定。这次会议是旅欧中共党团组织史上的一次重要会议，它正式确定了组织名称及与国内青年团的关系，确定了团的基本任务与活动方式，从而为组织的发展与团员素质的提高奠定了基础。

当旅欧中国共产主义青年团不断发展壮大之时，旅欧的中共党员人数也有所增加。1922 年 6 月 30 日，陈独秀向共产国际报告时，旅欧中共党员有 10 人，其中留法 2 人，留德 8 人。1922 年秋，王若飞、陈延年、陈乔年等，由当时在法国的法共成员胡志明介绍，加入法国共产党。11 月，周恩来在德国介绍朱德入党。此时，旅欧中共党员人数已有 10 余人，建立基层组织的事务再次被提上议事日程。1922 年秋冬，中共旅欧支部正式建立，张申府担任支部书记，赵世炎为中共留法组组长。由于团员人数众多，而党员人数较少，加之活动方式及内容基本相同，为了保密和安全，中共旅欧支部往往隐于团的活动之中。正如聂荣臻所说："在整个欧洲，也只有一个共产党的小组，附在团组织里面，一切公开活动，都用团的名义，党组织从不出面。"

旅欧中共党团组织的建立，使数以百计的留法勤工俭学生先后加入中国共产党和青年团，在留法勤工俭学运动史上写下了辉煌壮丽的一页。它表明，接受真理武装的先进学生，开始建立起强有力的团体组织，以谋求改造中国。

05

内部训练和宣传动员

内部训练是有计划进行的。为了达到目的，旅欧中国共产主义青年团在木兰等地建立了马克思主义夜校，让团员集中学习讨论；有时由共产主义研究会负责人指定专人共同作系统的研究。后来，青年团执行委员会下设训练部，将有关训练的组织工作移交团的支部负责，各支部设训练干事督促该支部的训练工作。要求各支部除支部会议外，每月举行一次批评会、两次讨论会，并规定讨论的内容依次是共产主义、实际问题、读者报告等，要求讨论的题目要连贯系统、宽窄适度，其目的在于“适合同志们研究的程度和心理，以便引起他们的兴味”。如此周到精心的安排，使训练工作能够扎实地进行下去。

训练的内容主要分为理论和实际两个方面。理论方面的内容包括研究马克思主义的唯物史观、辩证法、政治经济学、阶级斗争学说、政治原理，列宁主义关于无产阶级专政、民族解放问题、农民问题、职工运动问题等内容。要求大家阅读《共产党宣言》《共产主义教程》《社会科学讲义》《国家与革命》等中文、法文书籍。实际方面的内容包括研究中国政治经济情形、苏联政治经济情形、世界政治经济情形、共产国际的策略、国际劳动运动、世界弱小民族和殖民地运动、国际妇女运动等。要求大家跟踪阅读《第三国际议案及宣言》《中国共产党的大会决议》《中国共产主义青年团大会决议》《新青年》《中国青年》《向导》等中文资料，阅读《人道报》《共产国际》等法文报刊。

为了促进大家共同成长，青年团鼓励大家交流心得体会。团员的学习心得既可以在讨论中交流，也可以在《少年》等杂志上发表。为了更多地为团员提供园地，共产主义研究会还编辑出版了《共产主义研究会通信集》。

作为旅欧中国共产主义青年团执行委员会书记的周恩来，在学习训练方面为团员们作出了表率。他在 1923 年夏返回法国，专门从事党团工作。他住在原来赵世炎的住处，这里也是执行委员会的办公处。房间的面积只有 5 平方米，除了一张单人床和一张小木桌外，容不得什么别的东西。旅欧党团组织的事情都在这里办理。来的人多了，房间容纳不下，就到附近的一家咖啡馆里活动。他在白天承担了大量繁重工作，深夜里不是刻苦攻读，就是伏案疾书。他用马克思主义的观点分析欧洲的各种活动和事态、中国的大事要事，为报刊撰写了大量文章，为提高广大团员的认识水平，发挥了积极作用。

随着学习内容的加深，团员们的马克思主义理论水平得到很大提高。熊雄就曾撰文详细阐述他对马克思主义基本原理的理解，认为马克思主义科学分析了人类社会的发展规律，“他是立在‘历史的必然’上面而不是依‘愿望自由的’”。李慰农撰写了《共产主义革命将怎样在中国实行？》，文章指出中国虽然在帝国主义的侵略和压迫下，但有产阶级和无产阶级均已形成，无产阶级要夺取政权，就必须紧紧依靠工人阶级，并团结广大农民和失业游民。这篇文章写出后交共产主义研究会组织旅欧团员们讨论，引发了大家的深入思考。

20 世纪 20 年代适逢一战后的国际和平时期，在欧洲，英法主导的凡尔赛体系蕴藏着深刻的矛盾，法国与德国围绕赔款问题矛盾重重。在远东，美国主持召开的华盛顿会议，调整了在远东和太平洋地区的国际秩序，形成了所谓的华盛顿体系，美、日、英、法等帝国主义国家旨在维护“门户开放”原则，形成了加强对华经济侵略的共识。青年团员们密切关注时事政治，运用马克思主义基本原理对现实政治进行了分析。熊锐、周恩来、邓小平等人撰写了《过去一年之德意志》《华府会议后的美国帝国主义者》《法国强盗已自行揭破华盛顿会议黑幕了》《请看国际帝国主义之阴谋》等评论，揭露了帝国主义国家对外侵略扩张、凌辱弱小民族的罪行及其潜在的矛盾危机。

1923 年夏，旅欧中国共产主义青年团在巴黎召开第二次代表大会。会议改选了领导机构，成立了书记局，选举周恩来为书记，尹宽承担组织工作，李富春承担宣传工作。邓小平参加了这次会议，他一边在工厂做工，一边担任青年团的宣传干事。1923 年因执行委员会书记部需要人手，邓小平离开工厂到书记部工作，他的主要工作内容是参与编辑《少年》刊物。

邓小平到编辑部不久，《少年》杂志就改名为《赤光》。《赤光》多数是半月刊，十六开本，每期十多页，但有时是三日刊、二日刊或者月刊，并不定期。到 1925 年止，一共出版了 33 期，在勤工俭学生、华工和各界华人中影响很大。与《少年》相比，《赤光》更具战斗性。《赤光》的发刊词直言，要“改理论的‘少年’为实际的‘赤光’”，“我们所认定的唯一目标便是：反军阀政府的国民联合，反帝国主义

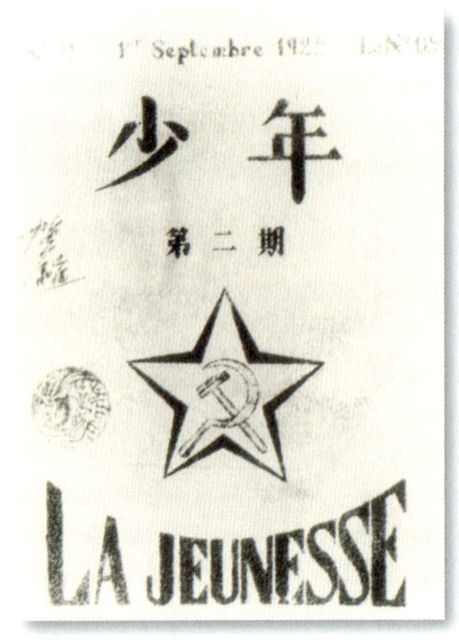

《少年》杂志

《赤光》杂志

的国际联合”。

《赤光》杂志由周恩来负责编辑、发行，并担任主要撰稿人。邓小平在《赤光》编辑部负责刻蜡版和油印。他白天做工，下工后即赶到《赤光》编辑部工作。他把周恩来写好或修改好的稿件刻写在蜡纸上，然后用一台简陋的油印机印好，再装订起来。他们经常工作到深夜，常常在编辑部的小房间里一起打地铺。邓小平视周恩来为兄长，他们结下了深厚的友谊。

邓小平的工作态度和工作成绩给大家留下了深刻的印象。留法勤工俭学生施益生回忆：邓小平负责《赤光》的编辑出版工作，我几乎每次到书记局去，都看见他正在做刻板、油印、装订工作，他的字既工整又美观，印刷清晰。邓小平因此得到“油印博士”的美誉。

06

争鸣与斗争

无政府主义思想曾经在留法勤工俭学生中很流行，它提出的“绝对平等”“绝对自由”“反对任何权威”等主张，都是以个人为中心，很对当时一些对黑暗现实极端不满、急于改变个人处境而又缺乏实际社会经验的青年的口味。它在冲击各种旧思想对人们的束缚时曾起过某些积极作用，但它要取消对个人的任何约束，这在现实生活中却是不切实际的空想，并且会使集体涣散。

信奉无政府主义的留法勤工俭学生没有成立政党，他们的主要活动阵地是由李卓等人倡导成立的工余社及其出版发行的《工余》杂志。除了李卓等人，刘师复的妹妹刘抱蜀、刘无为以及华林等人也是无政府主义者。随着科学社会主义信仰群体的扩大，特别是在旅欧中国少年共产党成立后，无政府主义者感受到威胁，开始对共产主义口诛笔伐。

1922 年夏，区声白、刘抱蜀、刘无为等人集资编印了一本名为《无所谓宗教》的小册子，把共产主义归于宗教之列，批评共产主义“驱下层阶级以杀上层阶级，率共产教徒以制服异己”。针对这

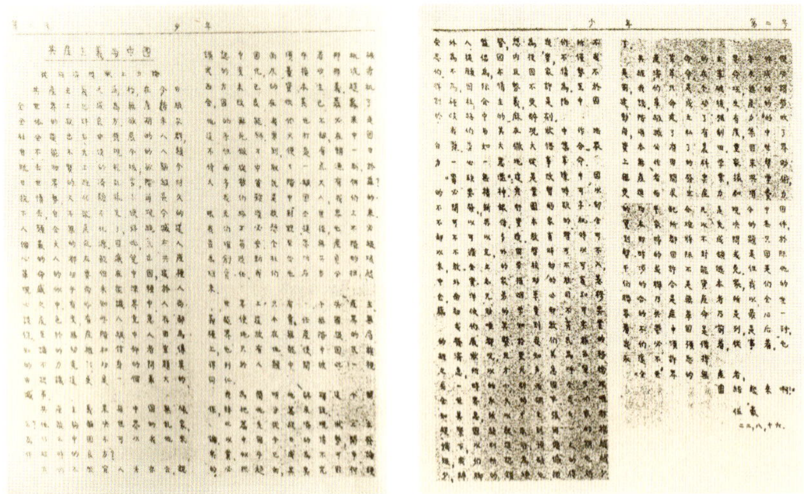

《共产主义与中国》内文

一谬论，周恩来在《少年》第二号上发表了《宗教精神与共产主义》一文，严正指出，宗教是超越于理智范围之外的麻醉人民的一种毒药，共产主义者对此一向深恶痛绝，共产主义与宗教毫不相干。他在同期发表的《共产主义与中国》一文中辛辣嘲笑无政府主义者“只会高谈那空想的艺术，高谈几个‘真’‘善’‘美’的名词，论到实在的开发实业的方法，恐怕除掉毁坏大规模生产，反对集中制度外竟无什么具体主张”。他自信地认为，共产主义是合乎科学精神、经得起实际检验的真理，只有它才是能够解决世界乱象的救时良方。

无政府主义者还否定十月革命的积极意义，认为布尔什维克党使用暴力把土地从农民手中夺走、把工厂从工人手中夺走，置于国家权力之下。一个署名三泊的无政府主义者抓住俄国大旱和帝国主义经济封锁造成的暂时困难，大肆攻击十月革命，断言共产主义在俄国已经试验失败。为了驳斥这些谬论，《少年》连续发表了论述俄国革命的文章。周恩来还在《少年》第六号上发表了批驳无政府主义攻击的专文《俄国革命是失败了么？——质工余社三泊君》，通过列举大量事例，讴歌十月革命在俄国的胜利。

1923 年 1 月 1 日至 3 日，在华工总会成立大会上，无政府主义者李卓煽动工会自立，脱离旅欧中国少年共产党的领导，当场遭到赵世炎、王若飞等人的痛斥。大会在赵世炎主持下，通过了华工总会章程。会后，针对无政府主义者鼓吹工会不参与“政争”的论调，《少年》发表了《工人与政治》一文，从历史唯物主义观点出发，论述了工人和阶级斗争的关系及工人阶级的历史使命，进一步争取和教育了广大华工。

旅欧中国共产主义青年团成立之后，从思想上进一步划清共产主义与无政府主义的界限，反击无政府主义者的肆意谩骂成为旅欧共青团面临的一项重要任务。以周恩来、赵世炎为首的旅欧共产党员和青年团员，在痛斥无政府主义者对共产主义的攻击和歪曲的同时，也正面宣传了马克思主义的一系列基本观点，既提高了旅欧党团员的政治素养和理论水平，也使无政府主义再度急剧衰落。到 1923 年底，反对无政府主义的斗争取得了决定性胜利，不少信仰无政府主义的人转到了共产主义的队伍中。

1923 年以后，国家主义派成为旅欧党团组织的主要论战对手。

国家主义最早是由德国古典哲学家费希特提出，以“国家至上”“民族至上”为口号，主张对内实行反人民、反民主的独裁统治，对外煽动民族对立、发动侵略战争，其实质是资产阶级民族主义的变种。留法勤工俭学生中国家主义派的主要代表人物是曾琦、李璜，他们均是少年中国学会的会员，在留法之前就有国家主义的某些观点，认为法国大革命和俄国十月革命“所用的手段都失于猛烈，平民未获其利，先受其害”。赴法之后，他们进一步发展了其国家主义观点，

1924 年 7 月，旅欧中国共产主义青年团第五次代表大会代表在巴黎合影

否认中国社会存在尖锐的阶级斗争，鼓吹国家至上，反对一党专政和世界革命，宣传“中国目前之大患，不在列强之压迫、军阀之专横、议员之无耻，而在多数国民无国家之自觉心”，认为只要培养每个人对国家的自觉心，中国就能够强盛起来。

1923 年 12 月 2 日，曾琦、李璜、张子柱等人在巴黎张子柱寓

所聚会，决定成立国家主义派的政党——中国青年党，还通过了曾琦起草的宣言和党纲以及张子柱起草的章程。当晚，又在附近一家咖啡店集会，选举曾琦为党务主任、张子柱为宣传主任。在建党宣言中，曾琦等人鼓吹全民政治，反对无产阶级专政，提倡以非暴力革命形式实现国家独立自由并推翻军阀。中国青年党不仅反对共产主义，也反对孙中山领导的国民党。当月，张子柱、胡国伟等人创办了《先声周报》，作为该党的宣传喉舌。

中国青年党成立后，其成员人数有所增加，到1924年3月约有60人。1924年4月20日，中国青年党在巴黎哲人厅召开第一次全体大会，曾琦在会上演说该党的精神和使命，李璜在会上演说国家主义的真谛，张子柱在会上演说全民革命及其方略。会议决定在《先声周报》上不遗余力地宣传国家主义、攻击共产主义。

为了反击国家主义派，旅欧党团员在《赤光》杂志上发表了一系列文章，批驳其错误观点，仅周恩来就发表了30多篇文章。针对他们鼓吹国家至上，《赤光》指出，中国革命的主要任务是消灭帝国主义和封建势力，这个革命只有依靠工农商学革命群众的广泛团结和斗争，才能取得胜利，所谓“被剥削者与剥削者的善意相向”无法奏效。针对他们以国家主义否定国际主义的立场，周恩来在《救国运动与爱国主义》一文中鲜明指出，中国“非内倒军阀、外倒国际帝国主义不足以图存”，“救国运动乃必须建立在国际主义上面”。针对他们畏惧帝国主义、只敢提反对军阀的口号，萧朴生曾经撰文论述帝国主义产生的根源、特征及其走向末路的必然性，强调“军阀不过是帝国主义的走狗，我们不能单反对走狗而放松了指挥狗的人”。针对他们所谓“内除国贼（指国民党和共产党），外抗强权（指苏俄）”的谬论，周恩来辛辣地讽刺说：“曾君和其朋友们之责备共产主义者，多部分是从脑子里任意为共产主义者造舆论，自立自破。”

旅欧党团员还面对面地与国家主义派进行斗争。赵世炎初期曾参加过国家主义派的组织，做了大量争取教育工作。国家主义派猖獗时，周恩来经常在星期六下午和星期日，到巴黎近郊的大学区和工厂区、华工区，到勤工俭学生和华工集中的小咖啡馆演说，揭露国家主义派的真面目。有时还找曾琦、李璜参加会议，或者参加他们召开的会议，当面和曾琦、李璜对辩，驳斥他们，听众常常对周恩来的演讲报以掌声。

与中国青年党进行理论斗争，是中共旅欧党团组织成立初期进行的重要工作。在这场澄清思想、争辩是非的斗争中，邓小平、李富春、蔡畅、郭隆真等也做了大量工作。邓小平除了参与《赤光》的编辑之外，也经常在《赤光》上发表文章。针对《先声周报》的造谣中伤，如张子柱将青年党人的“俱乐会”“跳舞会”说成是“旅法华人的国庆纪念会”，炮制“苏俄欲实行遣兵压迫中国”等假新闻，邓小平曾撰写《请看反革命的青年党人之大肆其捏造》一文，抨击青年党人“新闻我能时常更改或假造，以能使人激愤为目标”的无耻嘴脸。

到1924年底，国家主义派已陷于孤立。1925年6月，旅法华人举行声援国内五卅运动的示威游行，中国青年党党员何鲁之竟出卖灵魂，向法警告密，致使20多名中共党员、青年团员被捕。何鲁之堕落成了帝国主义和军阀的走狗，从此声名狼藉。

在反对无政府主义和国家主义派的斗争中，中共旅欧党团组织的党员、团员坚定了信仰、深化了认识、提高了水平，他们不仅使无政府主义和国家主义派不得人心，而且还宣传了马克思主义，提高了广大勤工俭学生和华工的思想觉悟，为即将到来的革命高潮作了充分准备。

07

革命统一战线

1922 年 6 月，旅欧中国少年共产党成立之时，就对建立革命统一战线团结旅法华人共同开展反帝反封建的斗争持开放态度。1922 年 7 月，中共二大提出，为实现反帝反军阀的革命目标，必须联合全国一切革命党派，联合资产阶级民主派，组成“民主主义的联合战线”。1923 年 6 月，中共三大作出与国民党组成联合阵线、允许共产党员以个人身份加入国民党，以实现国共合作的决议。这个决议的精神在国内得到贯彻的同时，在旅欧中共组织中也得到了执行。

此时，国民党在欧组织已经建立起来，其负责人是浙江人王京岐。王京岐原是留法勤工俭学生，于 1920 年赴法，1921 年 10 月因参加进军里昂的活动被驱逐回国，1922 年 3 月加入国民党，同年 8 月受孙中山委托，担负起国民党欧洲党务的重任。他再次赴法后，以里昂中法大学为中心，建立了国民党驻里昂通讯处。王京岐也热心于推动国共合作，他密切关注旅欧中共党团组织的动向并多次派人接头。1923 年 6 月，周恩来、尹宽、林蔚到里昂同王京岐达成协议:

青年团团员全部以个人名义加入国民党。由此，以国共合作为主要内容的革命统一战线就先于国内在留法勤工俭学生中建立了。

革命统一战线建立后，开展的第一个有组织的重大斗争活动就是反对列强“共管”中国铁路的图谋。1923 年 5 月，英、美、日等国武官团搭乘的列车在山东临城附近遭到土匪劫持，车上 30 余名外国人和 200 余名中国人成为人质。列强借口“临城事件”，声称中国土匪猖獗、政府无能、铁路治安不好，要求“共管”中国铁路。这一图谋引发中国人民的强烈不满，激起了旅法各界的愤怒。

1923 年 7 月 8 日，旅法华工总会袁子贞，《少年》杂志社任卓宣、周恩来、尹宽，华工组合书记部萧朴生、汪泽楷等联合其他旅法华人团体，成立了旅法各团体联合会临时委员会。这个组织向国内致电、向中国各驻外公使和海外华人华侨致函，明确表示“铁路共管，等于亡国，旅法华人全体反对”。7 月 15 日，400 余名旅法华人召开反对国际共管中国铁路大会，反对列强“共管”中国铁路，周恩来、袁子贞、刘清扬等人在会上发言。会议通过了旅法各团体联合会章程，选举周恩来、徐特立等人为联合会负责人。同时，还发布了周恩来起草的《旅法各团体敬告国人书》，呼吁中国人民“一致起来，誓死力争，推翻扰乱中国的国际资本帝国主义，打倒这妨害中国和平统一的万恶军阀！”

由于国内外中国人的普遍反对，列强“共管”中国铁路的图谋最终没有得逞。这一胜利增强了旅法各界联合起来、共同开展反对国际帝国主义斗争的信心。旅欧中共党团员和国民党党员的合作有了一个良好开端，便迅速得以深化拓展，进一步巩固和提升了革命统一战线。

1923 年 8 月，王京岐回国公干。不久，孙中山任命周恩来为巴黎通讯处筹备员。同年 11 月 25 日，国民党旅欧支部在里昂举行成立大会。会上，选举王京岐为执行部部长，周恩来为执行部总务科主任。王京岐回国期间，由周恩来代理执行部部长，主持国民党旅欧支部工作。此后，在法国马赛、比利时布鲁塞尔、德国柏林等地，也都先后建立了国民党的组织。周恩来为宣传国共合作、加强国民党旅欧支部的组织建设、发展党员，做了大量工作，使国民党在欧洲的党务工作取得了很大进步。在一个时期内，中共旅欧支部领导下的党团员成为国民党旅欧组织的核心力量。

1924 年 1 月，国民党一大在广州召开，孙中山在会上对三民主义进行了重新阐释，会议确定了国民党采取“联俄、联共、扶助农工”三大政策，揭开了国共合作开展国民革命的历史序幕。6 月 6 日，从国内返法的王京岐主持召开旅欧国民党大会。会议决定组建国民党旅欧总支部，统辖含巴黎分部、里昂分部和马赛分部的法国支部、比利时支部和德国支部，选举王京岐担任总支部主席。不久，又补选中共党员施益生为总支部副主席。此后，推动国民革命成为革命统一战线的重要任务。

1925 年五卅惨案发生后，旅法各界积极声援国内开展的五卅运动，掀起了反对帝国主义斗争的新高潮。1925 年 6 月初，中共旅欧支部、国民党旅欧总支部联合发出通告，决定于 6 月 7 日在巴黎布朗基街 94 号召开旅法华人大会，商议有关反帝事务。6 月 7 日召开的会议决定，在巴黎的华人要举行游行，以“向欧洲帝国主义示威”。当晚，《赤光》杂志社、国民党旅欧总支部、中国留法勤工俭学学生总会和旅法华工总会等28个团体的代表再次召开会议，成立旅法华人援助上海反帝国主义运动行动委员会。这个委员会成立后，多次发布通告，向旅法华人发出沉痛呼吁：国际帝国主义已将大炮架在我们中国人民的面前了，我们还不竭力反抗么？强调建立一个强有力的革命的联合战线。

1925年6月14日，800余名旅法华人聚集在巴黎第七区的法国园艺学会。由于法国警察当局无理阻止此次游行，派大批警察包围会场，并抓捕散发传单的华人，示威群众在同警察相持近两个小时后又聚集在布朗基街，召开第二次旅法华人大会，决定加大宣传力度，继续表达反对帝国主义的鲜明态度。由于当时的驻法公使陈箓对旅法华人的爱国行为保持沉默，中共旅欧党团组织和国民党旅欧总支部共同决定，组织一次向中国驻法公使馆的示威活动。为了保密，他们秘密通知了200余名积极分子。

6月21日，200余名积极分子准时在布朗基街集合，分乘数十辆汽车赶赴中国驻法公使馆。大家汲取以往斗争时失败的教训，进入公使馆后先切断电话线，抓住陈箓及其秘书。他们把事先准备好的旗帜、标语悬挂在大门和围墙上，并向行人和围观者散发写着“推翻国际帝国主义”“废除不平等条约”“中国是中国人民的”等标语的宣传单。他们强迫陈箓在事先准备好的文件上签字。以陈箓的名义签署的文件包括电报、通知信、通牒、保证书等，其内容涵盖同情五卅运动，要求法国政府撤退驻华军队等。这次斗争为欧洲多家报纸报道，引起了很大反响。但由于中国青年党党员告密，法国警察在次日进行了大规模搜捕，有 20 多名中共党员、青年团员被捕入狱。随后，法国当局又将 47 名中国留法勤工俭学生驱逐出境。

因在巴黎的中共党团组织的负责同志多被捕，时年 21 岁的党的里昂小组书记邓小平辞工来到巴黎开展工作。6 月 30 日，中国共产主义青年团旅欧区临时执行委员会成立，邓小平被选为委员，他积极领导开展了一系列新的斗争。7 月 2 日上午，在委员会的领导下，旅法中国行动委员会成立，下午，即在贝勒维拉市布瓦耶街 23 号召开有 70 多人参加的会议，抗议国际帝国主义在中国的暴行。邓小平在发言中提出，为反对帝国主义，应同苏联政府联合。8 月 16 日，国民党旅欧总支部执行委员会在巴黎开会，邓小平被推选为监察委员。

9 月 12 日，中共旅欧支部召开扩大会议，邀请国民党旅欧总支部副主席施益生与会。国共双方在此次会议商定，于 9 月 15 日在塞纳河畔的一个会议厅举行规模较大的旅法华人反帝大会。9 月 15 日，邓小平参加组织召开旅法华人反帝大会，有 1000 余名旅法华人齐集塞纳河畔，参加了这次声势浩大的反帝大会。在会上发言的有施益生、傅钟、萧朴生，以及法共、越共留法组和法国国会议员等，大家在发言中一致指出：五卅运动是世界无产阶级社会革命的一部分，全世界无产阶级和劳动人民要团结一致，同帝国主义作针锋相对的斗争。这次大会极大激励了旅法华人，使他们更加积极地投身反帝洪流。

斗争需要勇气，也需要智慧。邓小平等人在法国积极从事党团活动、组织领导斗争的时候，法国情报部门已经注意到他们，对他们进行了跟踪监视并准备抓捕。1926 年 1 月 8 日，法国巴黎警察局局长发出搜查邓小平等人住所的命令，并决定驱逐邓小平等 3 人出境。但是，法国警方扑空了。1 月 7 日，邓小平等人已经在夜色的掩护下坐上火车，离开巴黎前往莫斯科。邓小平追寻着在莫斯科的革命同仁的脚步，在职业革命的道路上掀开了新的篇章。

随着勤工俭学生中的党团骨干成员先后被选派到莫斯科东方大学、中山大学学习，留在欧洲的中共党员、青年团员越来越少。但在国内，革命统一战线以更大的规模显示着它的威力，轰轰烈烈的大革命正如火如荼地开展。在苏联经过培训学习的中共党员、青年团员陆续回到国内，投身这场史无前例的大革命，继续为革命统一战线和中国革命而奋斗。

抉择

奔赴报国之路

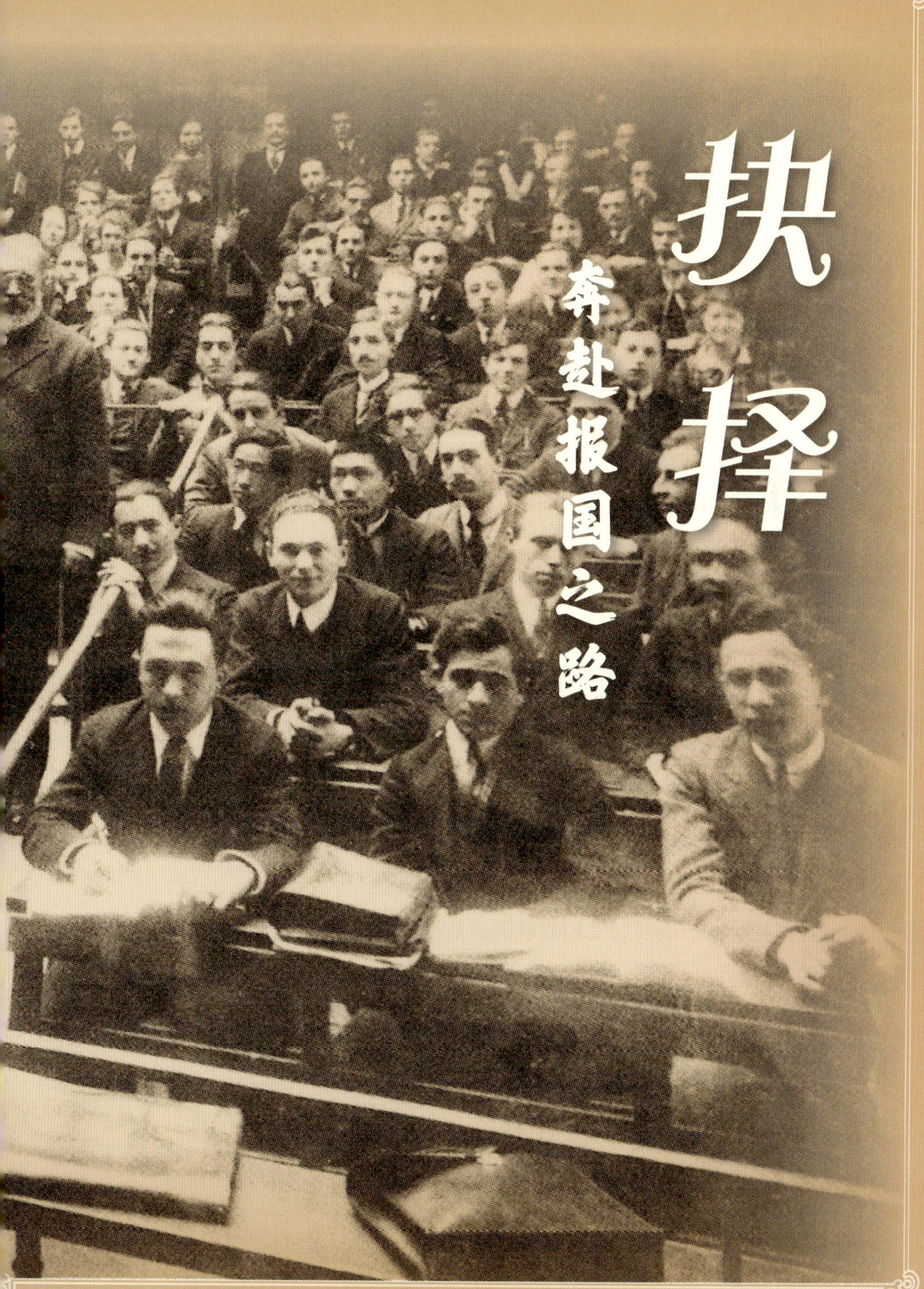

01

革命救国

留法勤工俭学生在出国之前，绝大多数是风华正茂、积极向上的青年。他们怀着梦想远渡重洋，来到法国这个理想中的文明国度，试图通过勤工俭学探求法兰西文明繁荣背后的先进经验，希望将之应用于他们多灾多难的祖国。他们在勤工中反思体悟，在俭学中求索前进，在苦难中坚持前进，在斗争中磨砺成长，努力寻找适合中国的现代化道路。

留法勤工俭学运动进入高潮之时，中国乃至世界都处于重大历史转折时期。

在国际上，一战的爆发和战后媾和暴露出资本主义世界的深刻矛盾和内在危机，十月革命后国际共产主义运动的发展彰显了苏俄模式的巨大成功，殖民地半殖民地国家民族解放运动的兴起冲击着战后统治秩序，各种社会思潮的传播使思想界空前活跃。

在国内，政治腐朽、军阀割据、民不聊生的状况日甚一日，新文化运动推动了一代青年的思想解放，五四运动实现了中国革命从旧民主主义革命向新民主主义革命的转型，中国共产党的成立是开

周恩来（前排正中）等留法勤工俭学青年在法国留影

天辟地的大事。这些因素综合在一起，使得不少勤工俭学生对新的社会思潮、苏俄道路感兴趣。

经过仔细比较和鉴别，一批当时中国最优秀的青年在各种流行的社会思潮中最终选择了马克思主义，接受了以暴力革命反对内外反动势力，建立无产阶级专政的主张。他们中的绝大多数对自己的信仰忠诚坚定、执着无悔。

1922 年 3 月，成为中共党员不久的周恩来在给国内觉悟社社友的信中坚定地说："我认的主义一定是不变了，并且很坚决地要为他宣传奔走。"邓小平在对"机器吃人"的资本主义社会有了切身体会之后，发现原来抱有的工业救国、实业救国的理想是不切实际的，认识到只有通过反帝反封建的革命才能救国救民。在对各种社会思潮进行深入考察、比较后，他选择了马克思主义，确立了共产主义信仰。

留法勤工俭学生中的骄子选择了革命救国之路。年轻的他们组建了旅欧中共党团组织，积极宣传马克思主义，具有一定的理论水平；在党团组织的领导下开展了一系列斗争，掌握了斗争方法和策略，在艰苦环境的磨炼下，积累了相当丰富的斗争经验；建立起革命统一战线，团结广大旅法华人共同开展反对帝国主义的斗争，并取得了积极成果。在实际革命斗争中，他们纷纷实现了从普通的勤工俭学生迅速成长为成熟的职业革命者的转型。

选择革命救国之路的勤工俭学生中涌现出一大批杰出英才，他们参与创造了感天动地的中国革命史诗，为中国革命的胜利立下了卓越功勋。

在他们之中，许多中共党员、青年团员和一些非中共人士在波澜壮阔的中国革命中牺牲，没能亲眼看到中国革命胜利的那一天。但是，他们用鲜血浇灌中国革命开出胜利之花，历史和人民永远记得他们。蔡和森、赵世炎、王若飞、陈延年、陈乔年、刘伯坚、向警予、熊雄、熊锐、张昆弟、罗学瓒、林蔚、鲁易、李慰农、傅烈、郭隆真、张伯简、佘立亚、萧朴生、袁子贞、穆青、黄齐生……这一个个熠熠生辉的名字，在多年后仍然留存在中华民族的记忆之中，他们用可歌可泣的英雄事迹铸就了一座座不朽的丰碑，激励着一代代有志青年。

在他们之中，一批中共党员和民主党派人士在新中国成立前，担任过中共和民主党派的重要职务，有的人在新中国成立后成为党

1921年6月，陈毅（后排右一）等在法国巴黎的留影

和国家领导人，为中国的社会主义革命和建设继续贡献智慧和力量。没有人会想到，在蒙达尔纪这座小城，那一批勤工俭学生中会涌现出一批改写历史的伟大人物。

新中国的开国总理周恩来，中国改革开放的总设计师邓小平，开国十大元帅中的陈毅、聂荣臻，以及李富春、蔡畅、李维汉、李立三等治国英才都曾在蒙达尔纪留下青春的足迹，何长工、徐特立、傅钟、李大章、许德珩、劳君展、周太玄、郭春涛、李平衡、李卓然、萧三、刘鼎、陈公培、谢唯进等人曾长期担任党和国家各部门中高级领导干部，或在全国人大、全国政协和各民主党派、人民团体中担任重要职务。

留法勤工俭学的经历给许多老一辈无产阶级革命家留下了难忘的记忆。这是一段激情燃烧的岁月，是一段刻骨铭心的记忆，他们在以蒙达尔纪为代表的法国城市学习、生活，成长、成熟，最终汇聚在革命的洪流中，创造出震古烁今的辉煌业绩。在他们内心深处，仍然记得那个梦想生长的起始之地，仍然怀念那一段青春搏击的岁月。

1948 年，在中国革命胜利的前夜，蔡畅作为国际民主妇联理事代表中国妇女参加布拉格会议，并当选为国际民主妇联副主席。会后，她绕道法国，专程去蒙达尔纪看望当年女子公学校长迪蒙夫人，可惜校长已去世几个月。校长的儿子、曾与中国勤工俭学生一起生活过的勒内·迪蒙接待了她。经历了多年战乱，阔别已久的老朋友旧地重逢，蔡畅和迪蒙都非常激动。蔡畅向迪蒙讲述了长征的艰苦历程，这令迪蒙印象深刻。他在后来的多部著作或接受采访中，都提及他与蔡畅的难忘相聚。1964 年，他与蔡畅得以再次重叙友情。

1974 年 4 月，邓小平率中国代表团赴纽约参加联合国大会第六届特别会议，在会上他向全世界全面阐述了毛泽东关于“三个世界”的理论和中国的对外政策。完成各项外事任务后，邓小平一行从纽约乘法国航空公司飞机，先到法国巴黎，再换乘中国民航飞机回国。

在巴黎停留时，邓小平住在中国驻法国大使官邸。

故地重游，邓小平不禁想起了50多年前留法勤工俭学的经历。他喜欢喝50年前在法国勤工俭学时所喝的法国小咖啡馆的咖啡，于是请使馆工作人员帮忙到街头的小咖啡馆去买。使馆工作人员每天早上6点来钟便提着两个中国传统的大暖瓶去小咖啡馆买咖啡。邓小平还让使馆的人员帮忙，寻找他和周恩来等人在法国从事党团活动时的住所旧址——意大利广场附近的小旅馆。邓小平的专车到达意大利广场时专门绕行两周，但没有找到那个他们当年住过的小旅馆。由于安保的原因，邓小平也不能随意下车。他从车窗往外望去，不胜感慨地说："样子变了。以前总理、富春和我们几个，常常到对面的一个小咖啡馆喝咖啡。"

离开法国前，中国驻法大使问他：回国时想带点什么东西？邓小平想了想，请使馆帮助买一些法国牛角面包和奶酪。回国后，邓小平把这些面包和奶酪分送给同在法国勤工俭学和参加革命的周恩来、李富春、聂荣臻、蔡畅等老战友。在那种特殊的历史环境下，邓小平以这种特殊的方式回忆着当年勤工俭学的峥嵘岁月。

02

技术救国

20 世纪初期的中国，是一个积贫积弱的国家，正在为寻找适合自己的道路而苦苦求索。当时流行的看法认为，中国要摆脱贫穷落后的局面，就必须学习西方的先进科学技术、大力发展实业。将工业文明带来中国是留法勤工俭学运动发起的重要动因，许多勤工俭学生在赴法之初抱有不同程度的“技术救国”“实业救国”的理想。

留法初期的新鲜感过后，社会现实以及生活的困顿，在迫使勤工俭学生不断提高觅工、勤工能力的同时，也使他们对法国大工业生产的组织和管理有了深刻的认识。在一些勤工俭学生认识到“技术救国”“实业救国”虚幻无力，选择走上革命道路的同时，仍然有人相信技术和实业的重要性，并将青春热情注入其中，选择了技术救国之路。

当勤工俭学生付出巨大代价后，他们的呐喊和抗争终于得到了回应，勤工俭学的目的受到中法各界的关注。随着法国经济的复苏，特别是国内许多省份对各自省份的勤工俭学生实施经济补贴之后，越来越多的勤工俭学生可以不再为生计而发愁，他们得以进入法国、比利时、德国等国的各级各类学校深造，由此升堂入室、拾级而上，在学海中遨游，成长为各类专业技术人才。这在客观上拓展了技术救国的空间，为日后中国的现代化建设储备了大量人才。

留法勤工俭学生中青睐专业技能的才俊清醒地认识到他们的责任。

选择技术救国之路的勤工俭学生在各自的领域辛勤耕耘，学得一技之长，他们之中的绝大多数人先后回国，效力于国家和民族。在回国之后，他们大多数担任大学教授、研究员或从事专业学术研究和技术工作，在相关领域卓有建树，甚至成为近代中国相关学科的开创者和奠基人，填补了中国科学的空白。他们之中，涌现出朱洗、曹清泰、沈宜甲、吴琢之、尹赞勋、严济慈、何乃民、林镕、李驹、刘子华、周太玄、王耀群、汪奠基、钟巍等优秀人才。这些人的人生路径选择大致可以分为科学研究和工程技术两大类。

从朱洗、曹清泰、严济慈等人的事迹中，可以略微感知从事科学研究的这个群体对国家和民族的重大贡献。

朱洗，浙江临海人。1920 年赴法勤工俭学，辛苦做工 5 年，凑够了上学的费用，1925 年考入法国蒙彼利埃大学生物系，因学习刻苦、成绩优异，深得导师——法国著名生物学家、科学院院士巴德荣教授的喜爱，将他留在实验室做了自己的助手。1931 年，获得法国国家博士学位。回国后，一直从事科学研究工作。新中国成立后，他被聘为中科院学部委员（即院士）。他忘我工作，拼命科研，成功实现家鱼人工繁殖，结束了几千年来鱼苗要在大江里捕捞的状况，促进了我国淡水养殖事业的发展，1989 年获中国科学院科技进步奖一等奖。

曹清泰，河北完县（现顺平）人。1920 年赴法勤工俭学，1930

年考入里昂中法大学公费学习，1936 年毕业于里昂大学医学院，获医学博士学位。曾在法国波尔多大学医学院附属医院工作多年，专攻耳鼻喉科。回国后，在上海、重庆等地从事医学临床工作。新中国成立后历任安徽医学院教授、附属医院耳鼻喉科主任，中华医学会耳鼻喉科学会常委等职。

严济慈，浙江东阳人。1923 年自费从上海赴法国留学，在巴黎大学学习，仅用一年时间，就同时通过巴黎大学 3 门主科微积分学、理论力学和普通物理学的考试，于 1925 年获数理硕士学位，1927 年获得法国国家科学博士学位。1955 年，当选中国科学院学部委员，后任技术科学部主任，是中国现代物理学研究工作的创始人之一、中国光学研究和光学仪器研制工作的奠基人之一、中国研究水晶压电效应第一人。

吴琢之、沈宜甲、何乃民等人的事迹，则是将工程技术应用于社会生产进而推动社会进步的生动写照。他们是从事工程技术研究群体的光辉代表。

吴琢之，江苏太仓人。1919 年赴法勤工俭学，毕业于里昂工业专门学校，学习汽车及企业管理学科。1925 年回国，任上海沪太汽车公司机务总管。1931 年，创建南京江南汽车公司，是中国现代公共交通的创始人。他创办的企业成为中国现代企业模式的最早范例。新中国成立后，历任江南汽车公司经理、江苏省交通厅工程师，著有《公路运输管理》《欧美旅途随笔》等。

沈宜甲，安徽舒城人。第一批留法勤工俭学生中的一员，1928 年毕业于法国国立矿冶大学，成为冶金专家、机械发明家，后旅居比利时。全民族抗日战争爆发后，回国在广西桂林创建了一家无烟煤气机制造厂，支援抗战。1949 年，沈宜甲赴台湾。1957 年重返比利时，继续开展科学研究。曾先后获得30多项发明专利。1974年，沈宜甲应邀回国参观，向国务院提供了7份世界先进冶金技术的资料，受到周恩来的表彰。

何乃民，浙江义乌人。1921年赴法勤工俭学，毕业于里昂中央工业学院，创建我国第一个汽车运用研究实验室。新中国成立后历任哈尔滨军事工程学院教授、中国机械工程学会汽车学会常务理事。著有《汽车学纲要》《高等汽车学》《汽车设计》等著作。

留法勤工俭学运动作为一项一代中国有志青年积极参加，并且对后世有着深远影响的运动，从一开始就蕴含着不同救国之路的选择。革命救国之路最终实现了国家独立和民族解放，是20世纪上半叶中国历史发展的主流。以自己的专长为振兴中华而奋斗的勤工俭学生，虽然未能直接达到救国的目的，但却为改变国家的落后面貌作出了突出贡献，这也是历史不会遗忘的。

教育救国

留法勤工俭学运动是中国教育史上的一座丰碑，它之所以兴起，就在于传播和践行新的教育理念。它冲击了中国传统社会“劳心者”与“劳力者”相区隔的二分法，通过大力提倡劳动的价值和意义，力图克服读书学习与生产劳动相分离的弊病，进而实现知识与技能的紧密结合，培养现代化发展需要的新型人才。这一新的教育理念通过留法勤工俭学生的工读实践，深刻影响了立志赴法的广大学子，其中一些人选择了教育救国之路。

大批赴法青年到法之后，把国内没有来得及展开的工读实践具体化，进一步深化了对脑力与体力的关系、教育与生产劳动的关系、理论与实践的关系的认识。有的学生认识到：“学用脑力、工用手力。手可以补脑之所思，脑可以佐手之所习，互相为用，常能造成优良地步。若徒用其一，则学者终为思想家，工者终为劳动家，未免有偏废之弊。”在此基础上继续深入思考，教育的本源和目的到底是什么。一些优秀青年主张“吾人当求活学活智”，选择将赴法的目的设定为探本源、求真知，而不是读死书、得文凭。

随着马克思主义在留法勤工俭学生中的传播，马克思主义教育思想也受到广泛关注。勤工俭学生不同程度地受到马克思主义教育思想的影响，这主要是通过介绍马列主义教育著作和苏俄教育经验来实现的。《少年》杂志创刊之初，就连续刊载了列宁《共青团的任务》一文。不少青年还通过撰写文章、给国内写报告、去各地讲演等形式，介绍苏俄无产阶级掌握教育权、让教育为新政权服务、教育与生产劳动相结合、大力开展普及教育与社会教育、不断提高劳动人民文化水平、彻底改造旧的教育制度等方面的内容。随着留法勤工俭学生的陆续回国，先进的教育思想在国内得到传播，对新民主主义革命时期无产阶级教育事业的发展，以及新中国成立后教育事业的发展产生了重大影响。

徐特立是教育救国的光辉代表。徐特立，湖南长沙人，是留法勤工俭学群体中年龄仅次于葛健豪的著名人士。在法期间，他专门赴比利时和德国考察教育。1924 年回国后创办长沙女子师范学校和湖南孤儿院。1927 年 5 月，在中国革命陷入低潮，白色恐怖甚嚣尘上的历史节点，他选择加入中国共产党。1930 年进入中央革命根据地，任中华苏维埃共和国中央执行委员会委员兼教育部代部长。他广泛发动群众，以勤俭精神办学，促进了苏区教育事业的发展。抗日战争时期，他担任中共中央宣传部副部长，到各地调查研究，总结经验。他一再指出，要把生产当做教育的手段，宜采取半工半读制。他热情支持各地根据自身情况采取的“民办公助”“以生产养学校”“半工半读、勤工俭学”等办学方式，有力促进了各解放区教育的发展。新中国成立后，徐特立长期担任中共中央宣传部副部长，为新中国教育事业做了大量工作，是新中国教育事业的重要开创者。

教育救国必须依托先进的教育内容，绝大多数留法勤工俭学生能够克服重重困难、立志求学。据不完全统计，有 317 人先后进入法国的 59 所高等学校学习。进驻里昂中法大学斗争失败后不久，里昂中法大学最后还是招收了 82 名留法勤工俭学生，他们有的学了相关专业知识，有的获得了相关文凭，有 43 位勤工俭学生还取得了博士学位。他们学成后大部分回国，把所学的知识带回国内，或培养人才，或改革体制，或多方办学，从而推动近代中国教育事业的发展。许德珩、劳君展、张怀、李季伟、颜实甫等是他们之中的优秀代表。

许德珩和劳君展，都是新民学会会员。许德珩是江西德化（今九江）人，劳君展是湖南长沙人。1921 年经蔡元培介绍，两人相识。1924 年一起考入巴黎大学，劳君展师从居里夫人。1925 年许德珩与劳君展结为夫妇。1927 年夫妇俩先后回国。1927 年大革命失败后，两人赴上海、广州，先后担任暨南大学、中山大学教授。1931 年，许德珩担任北京大学教授，劳君展则先后在北京大学、北平女子文理学院担任高等数学教授。1946 年，夫妇俩参与创立九三学社。他们为新中国的教育事业作出了很大贡献。

张怀，湖南长沙人，新民学会会员。1922 年结业于巴黎大学医学预科。1923 年进入比利时马林哲学院学习，获哲学硕士学位。1927 年入鲁文大学教育学院学习，获教育科学博士学位。1928 年以后，先后到英、法、意、德、比、荷等国考察教育。1929 年回国，曾任南京中央大学教授，北京师范大学教授、教育学院院长。1948 年赴美考察教育。新中国成立后回国，先后任北京师范大学、内蒙古师范学院教授。

李季伟，四川彭州人。与陈毅同船赴法国留学，取得机械工程师和造纸工程师学位。归国后，先后投资创办多个企业。1929 年，在重庆创办蜀渝纸厂，后又创办新川电影院、电影片出租公司。1948 年接任国立自贡工专校长。新中国成立后，曾在四川化工学院、天津大学、成都大学和四川师范大学担任教授。

颜实甫，重庆江津人。1919 年赴法勤工俭学，后考入法国里昂中法大学，获文学硕士学位，又入巴黎大学研究院研究哲学，同时用法文向西方翻译介绍《中国庄子哲学》，著述哲学著作《沉思偶录》。1936 年回国后，历任山东大学教授、国立编译馆编审、四川省立教育学院院长、重庆大学中文系主任。新中国成立后在四川大学中文系当教授。

大批勤工俭学生赴法，客观上也搭建了中法文化教育交流的桥梁。在运动进入高潮时，每年都要举行几次中法教育界的交流讲演会或学术报告会。中国曾多次请法国教育家前来讲学。大批勤工俭学生还经常给国内报刊写文章，源源不断地把法国的教育经验介绍到国内。华法教育会也把"精译中法文的书籍，联络中法的学者同学术的团体，介绍学生来华留学，并介绍法人游学中国"作为自己的重要职责，并在这些方面做了不少工作。其编辑出版的《法兰西教育》一书全面系统地介绍了法国教育的情况。这些经验，对中国教育事业的改革和发展，起到了不少借鉴作用。后来中国提倡的义务教育、实利主义教育、职业教育、重视自然学科知识的传授，在教学方法上采用欧美流行的分团教学、自学辅导、教育测验等，也不同程度地借鉴了法国的经验和办法。

有人曾经比喻说，留学好比是在封建中国密封的四壁上打开的窗口。国内教育界正是从留法勤工俭学这个窗口，了解到了一些世界教育的信息，中国的教育现代化通过留法勤工俭学得以加速。教育救国之路虽然并没有达到它的信奉者所希望的结果，但它仍然为救国救民创造了一些有利的条件。

结语：青春的力量

20 世纪初的世界风云变幻，资本主义世界体系已经形成，世界市场无远弗届，现代化的大势不可阻挡。在这样的历史背景下，如何为中国人民谋幸福，如何为中华民族谋复兴，是历史对先进的中国青年提出的沉重课题。

对这个历史课题，一代胸怀天下的先进中国青年进行了积极的探索，他们以赴法勤工俭学的壮举将青春岁月融入中国现代化的洪流之中，从而形成了声势浩大的留法勤工俭学运动。

青年是筑梦逐梦、充满活力的人群，青春是白日放歌、挥斥方遒的年纪。面对破碎的山河、蒙难的人民，优秀的中国青年怀着重整山河、再造日月的赤子情怀漂洋过海，前往理想中的文明国度学习现代文明成果。留法勤工俭学不是简单意义上的出国留学，而是肩负着再造新国家、新国民、新文明崇高使命的求索之旅。

1912 年，共和肇始，留法俭学会组织的赴法留学开始之时，同仁的送行之歌就道出了西行的真谛："桃李花开色正丰，春风化雨功；平民教育福无穷，好作主人翁；先生远行吸欧风，离别黯然中；吾道昌明天下公，临风唱大同。”一批青年希望以青春之力的托举，在古老的神州大地建造幸福家园。

1919 年五四运动后，留法勤工俭学运动进入高潮。在这场前所未有、规模空前的运动中，更多的有志青年将时代大潮与个人人生道路的选择结合起来，怀着爱国之情、报国之志，长途跋涉、泛海西渡。他们对即将开始的新生活充满期待，寄予厚望，用豪情壮语表达了凌云之志。

1919 年 11 月，李立三抵达法国后给父母写了一封信，用诗一样的语言抒发留法的抱负：“我是一个断梗的浮萍，随着那风波儿上下飘零。也到过黄浦江头，也到过潇湘水滨，也到过幽燕，也到过洞庭。今又吹我到西天来了。呼吸那自由的空气，瞻仰那自由的女神。我还要唱那自由之歌，撞那自由之钟，唤醒可怜的同胞，惊起他们的酣梦。鼓荡雄风，振作精神，造一个光明灿烂的新世界，作一个幸福无比的新国民。”

1920 年 6 月，尚在狱中的周恩来得知觉悟社的好友要赴法，当即写诗相赠：“出国去，走东海、南海、红海、地中海；一处处的浪卷涛涌，奔腾浩瀚，送你到那自由故乡的法兰西海岸。到那里，举起工具，出你的劳动汗；造你的成绩灿烂。磨炼你的才干；保你天真烂漫。他日归来，扯开自由旗；唱起独立歌。争女权，求平等，来到社会实验。推翻旧伦理，全凭你这心头一念。”

蒙达尔纪，一座法国小城，以博大的胸怀接纳了来自东方中国的数百名青年，成为当时青年学子在法最为集中的一个地域，并成为留法勤工俭学群体与法国社会接触互动的典型代表。周恩来、邓小平、陈毅、聂荣臻、蔡和森、王若飞等人都在蒙达尔纪留下了青春足迹，经历了难忘的峥嵘岁月。随着形势的发展变化，蒙达尔纪也见证了留法勤工俭学运动的潮起潮落、风云变幻。

历史总是在曲折之中前进，勤工俭学生活并不是一首浪漫的田园诗，而是一幕宏大的史诗，是一曲与命运抗争的交响乐。在法国各地矢志求学、辛勤做工时，勤工俭学生们将工读主义理想在工业文明的土地上进行大规模实践。在外部环境倏忽剧变的情况下，他们才真正体会到求学与做工的两难、生存与发展的矛盾，并对法兰西的器物文明、制度环境和价值观念有了更为深入的体悟。

缺衣少食、饥肠辘辘的青年们经历了太多的苦难，也在此过程中磨砺了意志与精神，收获了团结和友谊。他们没有忘记初心，无论是在蒙达尔纪公园里“猛看猛译”的蔡和森，还是在巴黎戈德弗鲁瓦街 17 号奋笔疾书的周恩来，无论是在蒙达尔纪开会时热烈讨论的工学世界社成员，还是在巴黎西郊布伦森林筹建旅欧中国少年共产党的 18 位代表，他们从未停止追求真理与信仰的脚步。一批优秀的青年经过反复比较和鉴别，确立了坚定的共产主义信仰，他们从蒙达尔纪出发，从法兰西出发，把自己的一生都奉献给中华民族和中国人民的解放事业，并为此开展了可歌可泣的顽强斗争。当他们在法国参加“二 · 二八运动”、拒款斗争、进军里昂中法大学的斗争时，许多人就已经知道，前路漫漫，充满坎坷，等待他们的是疾风骤雨。但他们为了救国救民，别无选择，历百折而不挠、虽九死而未悔，毅然投身中国革命的洪流。从留法勤工俭学群体中走出了大批优秀人才，他们干出了惊天动地的大事，使古老的中国发生了翻天覆地的变化，从根本上改变了中国历史的进程。

还有一些青年选择了科学救国、技术救国、教育救国的道路。他们在度过艰难岁月之后，继续秉持追求科学、追求进步的精神，积极吸取工业文明的成果，成长为掌握知识与技能的专业人才。他们把法兰西的激情与理性、浪漫与务实精神引入中国，成为中国多个现代学科和产业的开拓者和奠基人，为中国现代化建设贡献了智慧和力量。

留法勤工俭学运动是一段难忘的岁月，许多亲历者直到迟暮，仍然在记忆深处珍藏着留法的记忆。提起这一段难忘的历史，仍然有许多往事历历在目，仍然有许多瞬间刻骨铭心，仍然有许多不屈奋斗激动人心，仍然有许多青春呐喊发人深省。这记忆，已经从个人记忆升华为中华民族的集体记忆，就如醇酒一般，历久弥香，令后人回味无穷。

留法勤工俭学运动构成了近代以来中法两国交往的重要内容，在中法关系史上写下了浓墨重彩的一笔。1964 年，毛泽东主席和戴高乐将军作出中法建交的重要决定，法国成为第一个同新中国建立大使级外交关系的西方大国。在冷战格局下，中法建交是一个重要事件，对世界格局产生了深远影响。中法建交后，中国留法勤工俭学历史见证人勒内 · 迪蒙，与新中国首任驻法大使黄镇专门安排到法国留学的中国学生在 1966 年到蒙达尔纪过暑假，希望新一代的留学生能够传承留法勤工俭学运动的精神，续写中法友好交往的佳话。

1997 年 5 月，法国总统希拉克访华时，把邓小平 1921 年留法勤工俭学时期的工卡（复制件）作为国礼送给江泽民，这是邓小平留法时填写的首张材料。江泽民把这张工卡送给了邓小平的夫人卓琳。在 2004 年邓小平诞辰 100 周年时，卓琳又把它作为中法两国友好交往的历史物证送给邓小平故居陈列馆展出。2014 年 3 月，在中法建交 50 周年之际，习近平主席对法国进行国事访问，他的行程基本是踏着当年赴法勤工俭学先辈们的足迹而展开。在巴黎召开的中法建交 50 周年纪念大会上，习近平主席发表了重要讲话，深情回顾了留法勤工俭学这段历史对他的影响。

2024年1月25日，习近平主席在中法建交60周年庆祝活动上发表视频致辞，认为中法关系的独特历史塑造了独特的“中法精神”，鼓励双方坚持相互理解，以2024中法文化旅游年、巴黎奥运会为契机，扩大人文交流、促进民心相通，欢迎更多法国朋友来华“自由行”，领略当今中国的发展变化，领略中国人民的精神风貌。

今天的中国，已经进入以中国式现代化全面推进强国建设、民族复兴的历史阶段，站在新时代的高度回望百年前的留法勤工俭学运动，仍然让后来者感到激动。那是一种奋斗的力量，总让人心潮澎湃；那是一种向上的精神，总让人意气风发；那是一种纯粹的信仰，总让人憧憬向往；那是一种无悔的抉择，总让人伟岸高尚；那是一个青年群体蕴藏的青春力量，是一种气冲云霄的生命能量。

我们今天仍然需要这种青春力量！

图书在版编目（CIP）数据

蒙达尔纪的青春岁月 / 李源正著 . -- 长沙 : 湖南人民出版社，2024 . 10 . -- ISBN 978-7-5561-3709-1

Ⅰ . I25

中国国家版本馆 CIP 数据核字第 202400DE56 号

蒙达尔纪的青春岁月

MENGDAERJI DE QINGCHUN SUIYUE

著　　者：李源正
出版统筹：黎晓慧
特约策划：张　新
产品经理：古湘渝
责任编辑：古湘渝 陈　实
责任校对：丁　雯
装帧设计：陶迎紫

出版发行：湖南人民出版社 [http://www.hnppp.com]
地　址：长沙市营盘东路 3 号　　邮　编：410005　　电　话：0731-82683346

印　刷：长沙超峰印刷有限公司
版　次：2024 年 10 月第 1 版　　印　次：2024 年 10 月第 1 次印刷
开　本：710mm × 1000mm　1/16　　印　张：17.25
字　数：200 千字
书　号：ISBN　978-7-5561-3709-1
定　价：88.00 元

营销电话：0731-82683348（如发现印装质量问题请与出版社调换）